Narrativa ❖ 1

Titolo originale: *El juego del ahorcado*

I edizione italiana: marzo 2007

Via Isonzo, 25
00198 Roma
Tel. 06.8412007 - fax 06.85865742
www.castelvecchieditore.com
info@castelvecchieditore.com
Art Direction: Elisa Passacantilli
Traduzione dallo spagnolo: Elena Vozzi
Revisione: Oblique Studio
Cover: Chiara Arnone

ISBN: 978-88-7615-170-5

Imma Turbau

Il gioco dell'impiccato

CASTELVECCHI

Dedicato a Conxita, Josep e Carles
per il sangue e per l'amore incondizionato.
A Miquel per la pazienza
(e anche per l'amore)

Il gioco dell'impiccato

È una settimana che l'hanno trovato, impiccato, e solo io, che di lui non so più niente da molti anni, so perché l'ha fatto. Così ora, invece di custodire un terribile segreto, ne custodisco due.

Non ha lasciato neppure un messaggio, e chi lo conosceva bene non capisce: cercano nella sua vita recente e nessun indizio rivela una ragione, anche la più insignificante, che possa averlo spinto a impiccarsi. Non mi sorprende: tutti mi hanno dimenticata, e quelli che si ricordano di me non hanno mai saputo la verità. Può darsi che qualcuno dei nostri vecchi amici si ricordi l'episodio dell'anello. Però a nessuno, mai, verrebbe in mente che una cosa successa così tanto tempo fa possa reclamare una vittima ora. Un'altra vittima, per essere precisi.

Non mi vergogno ad ammettere che mi ero quasi scordata di lui. Pensavo, senza pensare, che niente di quello che avrebbe fatto della sua vita potesse riguardare la mia. Ma la sua morte mi ha rivelato una cosa ovvia e sorprendente, come il rinculo di una pistola quando premi il grilletto: anche se me n'ero andata tanto lontano, anche se l'avevo abbandonato piena di rabbia e di paura, nelle valigie, tra i fazzoletti che non uso e lo spazzolino che dimentico sempre, c'era lui. Nascosto, come una piega tra le pieghe su un pigiama di lino, non se n'è mai andato, come un sogno di quelli che non si ricordano al risveglio.

Perplessa, ho scoperto con la sua assenza quanto fosse ancora presente. In tutti questi anni non ha smesso, neanche per un attimo, di essere il mio primo amore. Faccio l'impossibile bilancio tra quello che si è portato via e quello che mi resta di lui. È una settimana che si è impiccato e io, che mi portavo addosso già un cadavere, ora ne porterò due.

-- ----- ---- --------A---

1.

Vivo a duemila chilometri di distanza dalla nostra piccola città, in un altro paese. Circondata da sconosciuti come ho sempre voluto, sono una sconosciuta. Eppure, quando succede qualcosa di importante nella mia città, lo vengo subito a sapere. La mia famiglia continua a vivere lì, e ciò che ho creduto di lasciarmi alle spalle è proprio la loro vita quotidiana: cognomi, vie, nomi che vorrei aver dimenticato e che invece si conservano nella mia memoria, perché formano l'idioma che ho in comune con i miei genitori, la mia lingua madre. Perché, sebbene in quel periodo fossi una ribelle, fanno parte di me, come il fiume, come la cattedrale, come la Rambla. A duemila chilometri di distanza, io sono ancora loro. Ancora sono.

David conosceva bene quanto me la velocità di propagazione di una notizia sensazionale come il suo suicidio, e di sicuro ha indovinato quanto tempo sarebbe passato: tra il calcio definitivo per spingere via lo sgabello e impiccarsi, e la telefonata che mi avrebbe informata della sua morte. Pochissime ore. Quelle che bastano perché mia madre lo venga a sapere, e mi chiami al cellulare: David si è suicidato, devo dirlo a mia figlia. Mia madre, che se nella vita ha fatto male a qualcuno lo ha fatto solo a se stessa, si preoccupa per me, e cerca di comunicarmelo nel miglior modo possibile. Non è facile neanche per lei. Niente è facile per una madre:

«Di' qualcosa, Sandra».

Le ho domandato solo come, come era morto.

«Si è impiccato».

«Dove si è impiccato?».

«Non lo so, non è molto chiaro, da qualche parte nel garage di casa dei suoi genitori».

«Ventinove anni...».

«Ancora ventotto», mi ha corretto mia madre, «o non ti ricordi più del suo compleanno, figlia mia?».

«No», ho mentito, ma è lo stesso, non mi ha creduto comunque. Solo lei sa quando mento davvero. Mi ha chiesto se volevo andare al funerale, due o tre giorni dopo l'autopsia. Avrei avuto il tempo di organizzarmi con il lavoro e prendere un aereo. Ma no. Per me ancora non è morto, anzi: David è rientrato nella mia vita in quell'istante. Lo consideravo morto e sepolto e ho assistito, nell'ora del requiem, alla sua resurrezione.

Da noi la gente che è nata e cresciuta in un posto, da generazioni, da sempre, si chiama *gente de toda la vida*. Io ho pensato più a me che a lui, lo ammetto: il presunto tradimento che fu la mia partenza, e quanto lo umiliai lasciandolo, proprio in un tempo e in un luogo dove si credeva che i fidanzati *de toda la vida* fossero anche fidanzati *per tutta la vita*, e basta. In quel momento ho capito che il compagno della mia adolescenza se n'era andato, e che non restava nessuno oltre me per raccontare questa storia. E mi sono sentita sola, in quella marea di domeniche pomeriggio tanto desiderate, che oggi sono le più rare. Domenica pomeriggio della mia adolescenza.

«Una cosa terribile, Sandra», ripeteva mia madre.
«Sì», le ho risposto, tanto per rispondere qualcosa.
E ce ne siamo ricordate quasi contemporaneamente, anche se io avrei voluto che non lo dicesse per niente al mondo. No, non poteva essere. Le parole sono arrivate fino a me come se, da così lontano, riuscisse a sussurrarmele all'orecchio:
«La cosa più strana», ha detto, «è come si è ucciso».
«Perché? Non ci vedo niente di speciale».
«Beh, perché è uno strano modo di uccidersi per un ragazzo così giovane, e ancor più al giorno d'oggi, con tutto quello che abbiamo nell'armadietto delle medicine... e poi, c'era quel gioco che facevate tutto il tempo...».
«Non mi ricordo, mamma».
Ho già detto che sa sempre quando mento davvero:
«Ma certo che ti ricordi, Sandra. Avete passato anni giocando al gioco dell'impiccato».
Ma certo che mi ricordo. Di questo e di molte altre cose, chitarre, motori truccati, cazzotti contro il muro, fasciature. E i baci al sapore di tabacco che mi piacevano tanto. Mi ricordo di quell'edificio vuoto, in stato di abbandono. Me ne ricordo oggi. Me ne sono ricordata ogni giorno da quando domenica sera ho aperto il giornale e ho letto la notizia, anche se era solo un trafiletto. Col trascorrere dei giorni della settimana il testo si faceva sempre più grande, come una macchia d'inchiostro, o di sangue.
Oggi è di nuovo venerdì, ed è come se lui non fosse morto. Lo veglierò stanotte. Lo seppellirò domattina. E intanto racconterò a me stessa perché ha dovuto uccidersi, o perché ha deciso di farlo, o per quanto tempo aveva resistito come un morto in vita, codardo e impaurito.

2.

Ho ventisette anni e nessun rimorso per quello che è successo, o per quello che successe allora, anche se suppongo che David avrebbe sperato che provassi un qualche rimorso. Quasi nessuno si suicida senza motivo, quasi tutti si suicidano *contro* qualcuno. Non sono fatalista, ma questa volta credo che sia accaduto solo quello che doveva accadere. Come le vene del legno stanno dove devono, so che tutto ciò che David ha fatto negli ultimi anni lo avrebbe portato direttamente all'alba dello scorso venerdì. E che molto di quello che io ho vissuto mi ha riportato, in una spirale del tempo, a quella sera, e poi a questa notte. Non finirà qui il libro della vita, perché io ci sono ancora, e sono viva. Ma almeno questo capitolo si chiuderà, e questa storia sarà finita. La racconterò per capirla, perché non l'ho mai fatto, e questo sì che glielo devo. Perché tacerla ancora sarebbe dimenticarla, e la morte non è altro che questo. Oblio.

Conobbi David a sette anni, anche se nel mio *barrio* noi delle famiglie *de toda la vida* ci conoscevamo senza bisogno di presentazioni. Io iniziavo ad andare al catechismo per la prima comunione, e lui giocava tutto il giorno nel campo di basket della parrocchia. Era solo un anno e qualcosa più grande di me, ma quella differenza gli dava il diritto di guardare i più piccoli con disprezzo, anche se né noi né i grandi sapevamo perché. Nel 1981, in qualsiasi città di provincia sopravvivevano codici di comportamento d'altri tempi, di tempi passati. E non si discutevano.

Facemmo amicizia un pomeriggio che passammo a giocare a biliardino. Il parroco del *barrio* aveva sistemato nello scantinato della chiesa quattro tavoli da ping-pong e tre biliardini con i quali potevamo giocare gratis, perché non ce ne andassimo per strada come vagabondi e non restassimo a casa a far impazzire le nostre madri. Ci permetteva di usarli nei giorni feriali dopo le lezioni e tutto il fine settimana, tranne nelle ore che spettavano al catechismo. È inutile dire che, pur non essendoci fra noi molti ferventi cattolici, passavamo lì il tempo, giocando o chiacchierando mentre aspettavamo il nostro turno, perché in certi orari il locale era molto affollato. I più grandi, adolescenti che frequentavano il catechismo, portavano i capelli lunghi e suonavano la chitarra. Cantavano canzoni che avevano imparato a Taizé o dai dischi di Bob Dylan e Paco Ibáñez. Il parroco era un tipo molto popolare tra i frequentatori della sala. Predicava la Teologia della Liberazione, era stato missionario in tutto il Centroamerica e il sabato pomeriggio ci faceva vedere vecchi film. Intonavamo con fervore *Comandante Che Guevara*, e ogni volta che vedevo in un poster la sua immagine con il basco credevo che fosse Cristo. Nessuno mi fece notare l'errore, e ne sono contenta.

Anche David aveva i capelli lunghi e portava sempre i jeans. Aveva dei polsini azzurri e bianchi – diceva che erano fatti apposta per giocare a biliardino – e calciava ogni palla più lontano di qualunque suo coetaneo. Però poi non andava mai a raccoglierla.

Si può dire senza paura di sbagliare che un'amicizia cementata da innumerevoli partite a biliardino è per tutta la vita. Io ero l'unica a cui non dispiaceva tenere la manopola del portiere, e per questo ero molto richiesta da tutte le squadre, che avevano sempre problemi a trovare qualcuno che vigilasse le retroguardie. Io ero *la portiera*. E *la portiera* e David, il più pestifero dei bambini, divennero amici. Nella nostra città, come dappertutto, ora lo so, c'erano cose che si potevano e cose che non si potevano fare, o almeno così dicevano a noi bambini. Parole che si dicevano e parole che ferivano solo a sentirle, domande che si facevano e risposte che non si potevano avere. E lo imparai molto presto, perché chiedevo sempre ciò che non si doveva, facevo quello che mi pareva e dicevo la prima cosa che mi passava per la testa.

Noi *de toda la vida* eravamo una società ristretta ma forte, che dettava legge ed era in vista in tutta la città. Tutti gli altri erano *forestieri*, e imparavamo presto che con loro non si aveva niente a che spartire. Non era tanto una questione di soldi (per quanto anche i soldi contassero), ma di cognome, di famiglia. Magari avevamo anche parenti poveri, o almeno considerati poveri, ma a noi sembravano soltanto persone più tristi e più devote del resto dei mortali – e, questo sì, si diceva sempre che erano molto dignitosi.

I forestieri parlavano un'altra lingua, anche se alcuni cercavano di imparare il catalano, e venivano da posti lontani delle regioni dell'interno. Noi *de toda la vida* potevamo risalire ad antenati legati al nostro territorio da moltissimo tempo, ed eravamo soggetti a una serie di norme di comportamento dalle quali gli altri erano esenti, o meglio, esclusi. Queste regole dovevi rispettarle, e soprattutto se eri una bambina piccola.

La prima che imparai, e che mi arrivò dalla viva voce di una vicina, era che stava male che io e David fossimo amici. Non solo era un maschio, e più grande di me, ma aveva anche una pessima nomea. Si faceva bocciare in tutto tranne che in ginnastica, andava in bicicletta sui marciapiedi cogliendo di sorpresa anziane signore ad ogni angolo, e prendeva a sassate le macchine migliori di quella di suo padre. Che, per inciso, era forestiero.

Ovviamente, quanto più mi mettevano in guardia da David, tanto più mi piaceva stare con lui. Ricordo che, quando ancora non lo conoscevo e lo vedevo giocare al campo di basket, mi faceva paura. Però restavo lì a guardarlo. Aveva una brutta fama, di bambino cattivo, se non addirittura perverso. Raccontavano che torturava i gatti, che ammazzava le rondini con un fucile a piombini, che sezionava i girini con un taglierino. Non mi avrebbe sorpreso che fosse vero, ma io non lo vidi mai fare niente del genere.

Fin da molto piccola mi divertiva l'idea di essere la pecora nera della famiglia, e la mia amicizia con David contribuì, anche se si può dire che avevo già cominciato da molto tempo a pensarci, prima inconsciamente, e più tardi sforzandomi di dire, e certe volte di fare, qualsiasi cosa potesse dare scandalo: alla fine la colpa, come al solito, era loro, dei grandi. Quando ero piccolissima cominciai a parlare molto prima che a camminare. Non alzai le chiappe, neanche per gattonare, fino a due anni e mezzo, ma in compenso parlavo a macchinetta e compiutamente fin dai quattordici mesi. A molti sembrava uno spettacolo raccapricciante. Ma non era nemmeno così strano che non camminassi, perché veramente non avevo nessun posto dove andare, e nessuno ad aspettarmi. Perché mi sarei dovuta muovere?

Quando nacque mio fratello Rafa, quattro anni dopo di me, avevo già l'età per capire molte cose. E non ne potevo più di sentir dire a parenti e vicini che almeno il bambino era normale, solo perché a undici mesi si spostava inciampando sulle due gambette e mugolando nella sua lingua farfugliante, mentre mia madre lo seguiva dappertutto con la faccia preoccupata e una mano sempre vicina alla sua testa, per evitare che se la rompesse contro qualche mobile della sala da pranzo. Allora pensai: se tutto questo è *normale* in che razza di mondo viviamo...

In casa non avevo troppi problemi, per il momento. I miei genitori mi incoraggiavano a leggere perché – e questo l'ho sentito dire a mia madre un'infinità di volte – finché me ne rimanevo là buonina a leggere sul divano non potevo stare in cortile a smontare la bicicletta di uno dei miei cugini, o a dare al mio piccolo fratellino Rafa una merenda di lombrichi, che il poveretto mandava giù senza fiatare. Nell'infanzia la mia misera capacità di trasgressione si fermava qui. Ma fu il mutamento che sopraggiunse a sette anni per l'amicizia con David a lasciarmi sgomenta: non c'era più bisogno di essere indisciplinata o ribelle, perché il semplice fatto di giocare spesso con lui mi tramutava in una fuorilegge, anche se solo per contagio.

Credo di aver saputo molto presto che me ne sarei andata dalla mia città, anche prima di fare la prima comunione, il giorno in cui mi resi conto che, senza che io avessi fatto nulla oltre che nascere per attirare l'attenzione, tutti sapevano già chi ero. E questo mi angosciava, perché io non li conoscevo. Gente mai vista si permetteva ovunque di rivolgersi a me e domandarmi, per esempio, come stesse mio nonno, o mia madre, o il cane, poco importava. Sapevano tutto di me e io nulla di loro, e se ne compiacevano. Sembrava che volessero dominarmi. Non potevo permetterlo.

Ho sempre avuto difficoltà a rendere conto agli estranei, e ancor di più allora, quando tutto ciò che proveniva dall'esterno della ristretta cerchia familiare formata dai miei genitori e mio fratello era considerato un'intromissione intollerabile.

Mi vedevo con David al campo di basket o ai biliardini, sotto la protezione della parrocchia, il cui sacro suolo nessuno osava mettere in discussione: se ci fossimo spostati a parlare nel parco vicino sono sicura che i miei si sarebbero sentiti obbligati a proibirci di stare insieme tante ore.

Lui era mio amico perché gli piaceva che gli raccontassi le storie che leggevo, e alcune volte arrivò perfino a metterle in pratica, per vivere quelle che chiamavamo *esperienze*. Era mio amico anche perché, secondo lui, io quasi non sembravo una femmina, e in quell'epoca della mia vita questo era il più grande complimento che mi si potesse fare. E aiutava abbastanza anche il fatto che non avessi paura di correre in bicicletta.

Io ero sua amica perché mi ascoltava attentamente, ma soprattutto perché *non potevo* essere sua amica. L'importante era non ubbidire. E la seconda cosa più importante, andarmene. E alla fine lo feci. Forse senza David nella mia vita non me ne sarei mai andata da lì. In effetti non scappai di casa, ma da David, ed è l'unica volta nella mia vita che sono fuggita. Ma questa è l'ultima notte, un commiato, un omaggio, e voglio pensare che senza di lui io ora non sarei qui. Se sia un bene o un male, non lo saprò mai. Noi non siamo nati per sapere cosa sarebbe stato delle nostre vite se avessimo fatto altre scelte. Ci rimane, questo sì, il consolatorio diritto di domandarcelo. Cosa sarebbe stato della mia vita, se non l'avessi mai conosciuto?

3.

Non solo è morto: David si è portato via il mio passato. Chissà, magari anche il mio futuro. Perché anche se non tornerà mai più, se non lo incontrerai di nuovo, il primo amore, per disastroso che sia stato, è un rifugio nei tempi bui, quando la tenerezza ci schiva, e cadiamo nel patetico, e ci domandiamo se ora, con quella maturità che ci hanno portato gli anni trascorsi, potrebbe magari funzionare, e se esista ancora, nascosto da qualche parte, qualcosa a cui aggrapparsi, qualcuno da reinventare. Non potrò incontrarlo per caso, dopo tanti anni, in un bar. Neppure la fantasia potrà soccorrermi: è inutile, è morto, non resta niente, si è portato via tutto. Si è portato nella tomba qualcosa di puro e irrecuperabile come l'adolescenza, come i giovani poeti, come gli interminabili pomeriggi d'estate dell'infanzia. Con la sua morte si è portato via il segreto di un'altra morte, che solo stanotte verrà ricordata. Si è portato via il primo marito, il primo padre dei figli, il primo amante. Il suo nome rimane solo sulle pagine scarabocchiate dei libri del liceo, inciso sotto mani di pittura su una parete bianca, su un nontiscordardimé d'argento.

Giù in strada sento una saracinesca abbassarsi, e un pesante catenaccio chiudersi. Qualcuno se ne va. Qualcuno se n'è andato. E me ne resto coi miei fantasmi a bere il liquore che i morti non possono più assaggiare. Per noi è amaro. In notti come questa le anime si fondono e so che non dormirò, ma non mi dà fastidio. È ben speso il tempo che si dedica a incontrare i nostri vecchi io.

__ _____ _E__ ______A__

1.

David andava alla scuola pubblica, classi miste di una trentina di bambini e bambine per ogni corso. Io invece andavo a quella privata, dalle suore. In classe eravamo quasi quaranta e non c'erano mai più di quattro o cinque maschi per aula: anche se proprio in quegli anni obbligarono le scuole religiose a diventare miste, la mia era rimasta parecchio indietro. La parola di moda era *unisex*, ma i corridoi continuavano ad essere verde sala operatoria e i pavimenti di linoleum, con i Cristi crocifissi in tutte le aule. La mattina profumava di colonia fresca e di pane e cioccolato, la sera di sudore infantile e pranzo riscaldato. Non portavamo l'uniforme, ma la nostra tuta era l'unica rossa in tutta la città: a lezione di ginnastica le bambine facevano le flessioni e i bambini saltavano la cavallina. Avevamo dieci anni. Qualcuno ci raccontò che eravamo vergini perché non eravamo sposate e non facevamo equitazione. Il sabato mattina restavamo a giocare dopo aver visto in Tv *La bola de cristal*, la trasmissione per ragazzi popolarissima in quegli anni. Era condotta da Alaska, la cantante: lei e gli altri protagonisti, marionette e attori in carne e ossa, lanciavano slogan contro l'autoritarismo e il capitalismo, e così cominciava la storia della Tv postfranchista. Noi sognavamo di scompigliarci i capelli per somigliare ad Alaska, e un paio di scaldamuscoli gialli ti trasformava in una che valeva la pena guardare due volte.

Quando Rafa cominciò l'asilo mia madre tornò a lavorare. Come tante altre volte, avemmo fortuna: il nostro *barrio*, residenziale e formato da casette col giardino costruite tra gli anni Cinquanta e Sessanta, iniziava finalmente ad avere qualche servizio. Non solo il locale della parrocchia, o il campo da basket, o il supermercato, o i negozi di quartiere, o l'ambulatorio. A metà strada tra casa nostra e la scuola, che era in direzione del centro, costruirono l'edificio che avrebbe ospitato la fine della mia infanzia e il principio della mia adolescenza: la biblioteca. Al pianterreno c'era la ludoteca per i bimbi fino a dodici anni, e al primo piano la biblioteca vera e propria. L'idea era che io e mio fratello restassimo a giocare di sotto fino all'ora in cui mia madre ci veniva a riprendere. Ma appena scoprii i libri nella sala di letteratura per l'infanzia, al primo piano, non ci fu più nessuno che potesse farmi scendere, e Rafa fu costretto a cercarsi per conto suo nuovi compagni di gioco. Il primo libro che presi in prestito fu *Guglielmo il proscritto*. Dato che *proscritto* era una parola che non conoscevo ma che mi suonava come una parolaccia, immagino perché somigliava a *prostituta*, dovetti cercarla sul dizionario. Avevo un po' paura di portarmi la copia a casa ed essere sgridata non appena me l'avessero vista. Ma quella notte, finalmente a letto, lo lessi tutto d'un fiato, e per molti anni, i primi anni almeno, David fu per me l'essenza di Guglielmo. Per gli altri era un flagello, io però lo vedevo come un eroe. Molte volte sbagliamo, pensando. O, come si dice nella mia terra, a volte è pensare che rende stupidi.

Quando compii undici anni io e mio fratello tornavamo già da soli dalla biblioteca a casa. Lo passavo a prendere al pianterreno e ci facevamo quei dieci minuti di strada sempre arrabbiati: lui perché voleva continuare a giocare e io perché ero stufa di portarmelo dietro. Presto iniziò a farci compagnia David, che ci aspettava a qualche metro dall'entrata dell'edificio, come se gli facesse paura quel luogo che a noi piaceva tanto, ma dove eravamo sorvegliati. Fino ad allora ci eravamo visti solo il sabato e alcune volte la domenica, in parrocchia, ma ora tutti i giorni chiacchieravamo un po'. Avevo più tempo perché mia madre aveva iniziato a lavorare fino alle otto di sera e, quando David compariva, Rafa smetteva di comportarsi come un moccioso viziato, orgoglioso del fatto che David il Terribile fosse mio amico e, per estensione, il suo. Quando un altro bambino gli prendeva un giocattolo, Rafa minacciava di dirlo a David, e subito glielo restituivano. Non si può essere un despota senza un sicario.

In questo senso, devo riconoscere che mio fratello ha preso da me, perché io li usavo entrambi: David, per far arrabbiare i grandi – anche se mi piaceva stare con lui – e mio fratello, come copertura che potevo corrompere in modo che non si sapesse mai bene dove andavo. Usavo David, e il timore che incuteva nei bambini più piccoli, come moneta di scambio perché mio fratello mentisse sull'ora in cui tornavamo a casa. Così, i miei orari e i miei movimenti erano molto più liberi di quanto i miei genitori potessero immaginare.

2.

David mi piaceva, e ancora di più mi piaceva stare con lui, perché era ogni volta diverso, imprevedibile. Se in quel momento qualcuno me l'avesse chiesto, avrei risposto che c'era una sola cosa di David che non mi convinceva: il suo anello. Da quando era molto piccolo aveva questa fissazione, portare l'anello con le iniziali, e, secondo quello che raccontava, il giorno più felice della sua vita era stato quello della sua comunione, perché finalmente glielo avevano regalato. Non usava nessun altro anello, ornamento, orologio, solo quel costoso pezzo d'oro con le sue iniziali intrecciate incise all'esterno, e all'interno la data di nascita e quella del giorno in cui glielo avevano regalato. Corse a farmelo vedere non appena finì la cerimonia. Mi sembrò una cosa orribile, ma fui tanto giudiziosa, o ipocrita, da complimentarmi con lui. Non so perché, pensai che portare un anello fosse cosa da delinquenti: suppongo perché i cattivi dei film o gli uomini che fumavano sigari usavano sfoggiarne uno. O forse presagii la disgrazia che ci avrebbe portato a questa notte, o alla notte del suicidio, quasi vent'anni dopo.

Da quel giorno in poi David si sentì un uomo fatto, e l'anello non se lo levava neanche per dormire. Via via che la sua mano cresceva, gli cambiava dito: a undici anni glielo allargarono, e così a tredici, e a quindici. L'ultima volta gli rimase un po' grande, ma non ci diede importanza. Tanto, la sua mano sarebbe cresciuta...

Alla maggior parte dei bambini sembrava strano che David fosse così orgoglioso del suo anello, ma nessuno si metteva a discutere con lui, perché per la minima inezia alzava le mani, e non gli importava la stazza dell'avversario. E la sua rabbia, l'ira che gli incendiava il corpo con una rapidità inaudita, lo trasformava in un ammasso di collera che si fermava solo quando non vedeva più nient'altro che sangue, o quando in parecchi riuscivano ad allontanarlo di forza. A volte i più grandi lo stuzzicavano per divertirsi, e gliele suonavano di santa ragione, ma a lui non importava. Non c'era settimana che non si pestasse a sangue con qualcuno. A tredici anni gli avevano rotto il naso tre volte, però a sua volta si vantava di aver spaccato diciassette nasi altrui. Era evidente che quel ragazzo non era adatto a me, neanche come amico. La questione non era che suo padre fosse un forestiero e sua madre una *de toda la vida*, uno stranissimo caso di meticciato: i suoi avevano faticato molti anni perché David potesse godere dei privilegi che chiunque di noialtri già aveva. Sarebbe stato diverso, immagino, se alla sua famiglia le cose non fossero andate bene. Ma i tre ristoranti che possedevano mostravano molto chiaramente la buona salute dei loro affari. David era il forestiero assimilato, che viveva nel nostro *barrio*: con sua madre parlava catalano con l'accento dell'interno, portava vestiti di marca e certi fine settimana andava sulla neve, ma con suo padre parlava castigliano senza accento, e aveva dei parenti in qualche posto sperduto della Mancha. C'era sempre qualcuno che si occupava di mortificarlo un po' per il suo cognome. E poi David era incline a intrattenere rapporti con i forestieri, e a portarli nel nostro *barrio*. Il fondo di risentimento che con gli anni si sarebbe depositato nella sua anima aveva molto a che vedere con la sorda ostilità che incontrava in giro, e con la certezza che solo i suoi figli, se li avesse avuti con un'irreprensibile *Ragazza De Toda La Vida*, avrebbero smesso di essere forestieri.

Le cattive compagnie...

Fino ad allora tutte le mie passioni erano nate per spirito d'imitazione: la lettura dai miei genitori, i puzzle dai miei cugini più grandi. Ma mi successe una cosa fortuita, una cosa del tutto casuale che, senza allontanarsi dal genere di attività per le quali avevo un'inclinazione naturale, era nuova nel mio ambiente. Una sera, all'inizio dell'estate, sarà stato giugno, mentre giocherellavo allo scrittoio di casa con una stilografica che mi avevano regalato, una Pelikan di plastica arancione, mi fissai con la cartuccia nera e gialla che c'era nell'astuccio. Non sapevo cosa fosse. L'etichetta diceva «Pelikan Inchiostro di China», ma non assomigliava in nulla agli altri ricambi. Smontai la stilografica e vidi che la cartuccia dell'inchiostro somigliava a un pistone. Supposi che l'altra fosse una ricarica, però non sapevo come funzionasse. Era un cilindro piatto a un estremo, con un coperchio quadrato, e sull'altro lato aveva una punta smussata che terminava con una specie di serbatoio di gomma. Bucai la punta con uno spillo, ma l'inchiostro non usciva. Agitai il cilindro, ancora niente. Decisa a stanare l'inchiostro dal suo nascondiglio, schiacciai la parte di gomma, di nuovo senza risultato.

Ancora oggi non ho capito come funzionasse quell'arnese, ma il caso volle che lo strinsi così tanto che la parte di gomma finì per scoppiare, e un rigagnolo di macchioline nere arrivò immediatamente fino ai miei gomiti. Formò laghi e fiumi sui fogli del mio scrittoio, e fu lì che per la prima volta vidi l'inchiostro fresco, nero, profumato, brillare sul bianco. L'odore dell'inchiostro mi diede alla testa. In quel momento non mi importava che si macchiasse tutto, la ramanzina sarebbe arrivata solo più tardi. Feci scorrere l'inchiostro sul foglio, inclinandolo, lasciando che fluttuasse per quelle valli come sangue. L'inchiostro era il sangue del foglio. La mia felicità, fino ad allora, erano stati i libri, ma in quel momento capii che quello che mi piaceva davvero erano le parole fissate con l'inchiostro. L'inchiostro trasformava le lettere in qualcosa di duraturo, che fosse a mano, con la penna, o sulla pagina di un giornale. Smisi di usare le penne a sfera perché non permettevano alle parole di scivolare sul foglio come dovevano, e cominciai a cercare libri di calligrafia. Mi piacevano così tanto le parole, le lettere, che desideravo solo disegnarle. Alfabeti, frasi: ancora non avevo idea che di questo avrei vissuto, o meglio, che avrei inventato caratteri, lettere, e non ci pensai che molto tempo più tardi.

La bibliotecaria mi consigliò libri di calligrafia inglesi e americani, perché in spagnolo non c'era quasi nulla. Le ore che prima passavo leggendo, adesso le passavo copiando caratteri gotici, bastoni, onciali e semionciali. Trovai alcune stilografiche ricaricabili con pennini per la calligrafia. Lavorai prima con quelle, e poi cominciai a interessarmi ai pennini tradizionali e ai calamai, all'inchiostro di china, che è compatto e bisogna diluirlo con l'acqua. Cercavo le punte dei pennini e le trovavo solo nelle cartolerie più antiche, dove stavano a fare la muffa da trenta o quarant'anni. Era sempre più raro che io uscissi in strada davanti alla biblioteca, così David finì per cedere ed entrò. Prese l'abitudine di arrivare verso le sei e mezza, e passavamo insieme un'ora: io disegnavo o leggevo, e lui faceva i suoi pochi compiti. Quell'anno cominciò a frequentare l'Istituto Professionale, che sarebbe stato una vergogna per qualsiasi famiglia *de toda la vida*, ma trattandosi di lui i nostri genitori lo accettavano in silenzio, perché si sa, qualcosa è sempre meglio di niente. Studiava per diventare meccanico, anche se suonava la chitarra sempre meglio ed era convinto che sarebbe diventato una rockstar. E posso giurare che nessun altro ragazzo di quindici anni somigliava a una rockstar più di lui.

_ _   _ _ _ _ _   _ E _ _   _ _ _ _ _ _ A _ _

1.

In biblioteca, tra i sussurri, cominciò il nostro gioco. Giocavamo all'impiccato. Tutti pensavano che c'entrasse la mia passione per le lettere, e la scusa, all'inizio, fu che era proibito parlare in sala consultazione. Ma la vera ragione non aveva niente a che vedere con tutto questo: quel che ci spingeva un giorno dopo l'altro a disegnare i trattini sul foglio era che potevamo usare parole che mai e poi mai avremmo osato pronunciare ad alta voce: parole segrete, parole oscene, parole nascoste che non riuscivano a uscire di bocca, parole proibite, a volte intere frasi. Un gioco per non doverci dire quello che presto indovinavamo.

PERDONA, TACI, PECCA, BACIO, MOTO, FORNICARE. Maiuscole su trattini, a fianco a un mucchio di lettere scartate e alla sagoma di un pupazzetto impiccato a metà. Perché avevamo un patto: non era una vera competizione e, anche se non indovinavamo in tempo, arricchivamo il disegno per non finirlo, e non impiccavamo mai l'omino. Adolescenti, giurammo di non usare parole trite, vuote. E ovviamente, non avemmo mai bisogno di dirle ad alta voce.

La nostra città era grigia quando pioveva, e salmone con il sole. La nostra città era bella come una vecchia madre eppure ci amava come una matrigna, e non c'era verso per me, almeno allora, di far pace con lei, anche se non ho mai smesso di amarla. Lo so che a volte amiamo chi ci fa del male, ma non era questo il caso. Era piuttosto quell'amore tiepido che si impara da bambini, e che si attacca al cuore come l'odore di fritto ai vestiti. Ci si può convivere, ma non esserne contenti. Non a quell'età, perlomeno.

Immaginavo un mondo infinito là fuori, qualcosa che non avesse nulla a che vedere con la nostra tranquilla cittadina. In questo momento non saprei dire cos'è che mi aspettavo, forse proprio questo, di vivere oggi in una città cosmopolita dell'inizio del ventunesimo secolo: un luogo meno umano che speravo facesse anche meno male, un posto dove tutti avrebbero esaudito qualunque mio capriccio. Non lo so. Sono stata bambina per così poco tempo. Come una stupida mi sono sforzata di essere sempre un po' più adulta... Presto sprofondai in una pubertà i cui violenti cambi d'umore spaventavano perfino me. Ero insicura, vulnerabile.

Facevo moltissime cose di nascosto: stavo con David più di quanto mi era consentito, non facevo mai i compiti, restavo a letto a leggere fino all'alba mentre tutti dormivano, compravo giornaletti per adolescenti con soldi che rubacchiavo in casa. Il mio passaggio dall'infanzia all'adolescenza lo ricordo come un incubo. Tre o quattro anni, tra i dieci-undici e i quattordici, in cui ero una ferita aperta, e la minima carezza dell'aria mi bruciava come il sale. All'instabilità emotiva dovuta agli sbalzi ormonali, bisognava aggiungere certi dolori dello sviluppo, simili a dolori reumatici, che mi assalivano di frequente e mi lasciavano esausta. Ero come un temporale, come il nostro freddo vento del Nord-Est: una *Galerna* delle peggiori, dentro dei pantaloni taglia trentaquattro. Ed ero suscettibile al punto di odiare gli esami, non perché non mi piacesse studiare, ma perché servivano solo a verificare che l'avessi fatto.

Tutto era sfiducia finché non dimostravi il contrario, e io non sapevo bene cos'ero e non avevo voglia di dimostrare niente. Mi sentivo impotente, e davvero poco affidabile. Nonostante questo, prendevo buoni voti senza sforzo e la mia ribellione si limitava a qualche eccentricità nel modo di vestire, che non arrivava mai a dare scandalo: portare i capelli molto corti, quasi rasati, essere amica di David o pensare costantemente cose che non avrei mai osato dire. Credevo di essere incompresa, e neanch'io mi capivo. Avrei voluto sfidare, attaccare, ma non potevo farlo frontalmente: un confronto mi avrebbe esclusa da quella società che rinnegavo, ma che dall'esterno era inattaccabile, invincibile, impermeabile. Questa convinzione mi spinse a credere che il miglior modo per cambiare il sistema, o sabotarlo, fosse dall'interno. Io sarei stata un'infiltrata.

Mi verso un bicchiere di vino rosso, e raccolgo il dolore che si trova in tutti gli angoli di strada che lui non percorrerà più col suo sguardo pieno di rabbia, e mi chiedo a che serve uno che non arriva a trent'anni. Certo, ha vissuto, ma perché? Bisogna essere un fottuto genio per fare qualcosa, per sapere qualcosa prima dei trenta, o dei quaranta. E che fai se muori a ventotto, quando sei appena all'inizio? Per che cosa sei morto, vigliacco? Perché ti sei ammazzato? Io lo so. Lo sapremo tutti. Sei il treno senza passeggeri che viaggia di notte, l'olandese volante, il seme di Onan, gli spiriti maledetti che inventiamo perché vaghino fino alla fine dei nostri incubi.

La frangia gli cadeva sull'occhio destro, e aveva l'abitudine di soffiarla via per sgombrare la visuale. Poche volte si toccava i capelli con le mani, ma i suoi sbuffi avrebbero fatto saltare i nervi anche a un santo. Lui non se ne rendeva conto, ma quando glielo dicevi soffiava e sorrideva. In quei momenti era incantevole, con quell'incanto di certi animali che sai che si lasceranno morire piuttosto che farsi addomesticare.

2.

Chissà che questa non passi per una resa dei conti, per un'incazzatura mal digerita, per una delusione egoista. Non lo so, ma con la sua morte David ha detto l'ultima parola, e per quanto io possa sgolarmi stanotte, ha confermato quello che sentenziò dieci anni fa: che io potevo pure lasciarlo, andarmene e non vederlo mai più, ma nella nostra storia sarebbe stato lui a scrivere la parola fine.

Non ci siamo fidanzati che più tardi, vari mesi dopo lo sciagurato, fatale, sinistro, schifoso e infame episodio di giugno. Fino ad allora eravamo rimasti solo amici, perché non dividevamo ancora il mio pesante segreto, mio e di nessun altro.

A quattordici anni avevo una lista di venti ragazzi che mi piacevano, una lista che modificavo tutte le settimane come se fossero i dischi più venduti, facendoli salire o scendere in classifica a mio piacimento. David aveva una fidanzatina nel paese dei suoi nonni, con cui faceva tutto quel che poteva da un paio di estati. Giocavamo al gioco dell'impiccato e ci infiammavamo con parole fuori contesto alle quali ciascuno dava un significato diverso. Ma non cedevamo all'amore: era lì, era già lì dal principio, riconoscerlo allora sarebbe stato come tradire la nostra amicizia. Anche se nessuno lo dice mai, ci abbandoniamo alla cosa più comoda, che è l'amore, solo quando non sappiamo più essere amici.

A quella stessa età mi feci con David le prime, furtive canne, ma senza aspirare. Mi sentivo in colpa come quando sei bambino e fai la comunione senza confessarti. Da piccola mi sentivo in colpa molto spesso: perché non consegnavo a casa le circolari della scuola né le convocazioni alle riunioni delle associazioni dei genitori, perché rubacchiavo dal borsellino della spesa, perché mangiavo caramelle di nascosto, perché non confessavo mai i peccati che mi sembravano gravi, perché non riconsegnavo in tempo i libri presi in prestito dalla biblioteca, perché leggevo la posta del cuore e i consigli sul sesso su riviste da quattro soldi... niente di eclatante, ma raramente avevo la coscienza pulita.

Qualsiasi adulto mi osservasse dall'esterno non avrebbe sospettato nulla: ho già detto che prendevo buoni voti, leggevo, mi esercitavo in calligrafia, venivo perfino eletta rappresentante di classe.

Ma dall'interno so che, fin da piccola, non pensavo ad altro che a crescere per poter provare il sesso in tutte le sue varianti, le droghe, la vita notturna, le sigarette, l'alcool, i libri proibiti, i film vietati ai minori e quelli pornografici, tutto quello che credevo facessero gli adulti *da qualche altra parte*. Ci ho messo molto a capire che la vita non era solo questo, e nonostante le tante batoste, come quella che mi sarebbe capitata nel giro di pochi mesi, non smisi di provarci. Tutto sommato, ho avuto più fortuna quando ho sfidato la sorte che quando sono stata prudente, ma ora non rischio più. C'è gente molto più sveglia di me, che non ha bisogno di provare le cose per convincersi. O forse non sono più svegli, sono solo più prudenti. Quando si è irrequieti, curiosi, è difficile indirizzare le proprie voglie verso ciò che ti indicano per buono. Io non lo sapevo, ma mi sono fermata in tempo. Altri no, e con meno fortuna, o meno giudizio, si sono persi lungo il cammino. Da qualche parte c'è un sentiero di mattoni gialli con su scritti i nomi di quelli che si sono persi, e porta al regno di Oz.

Ho degli amici, lì.

Dalla finestra vedo che hanno chiuso il bar di fronte. Mezzanotte. Non è facile. So che è arrivato anche David, non poteva mancare. Ci siete tutti: i miei vecchi io, gli antichi amori, gli sconosciuti che ascoltano, forse c'è anche quello di cui non abbiamo mai saputo il nome, ma non mi spaventa. Io l'ho ammazzato.

Senza paura di esagerare, sappiate che mi dichiaro sopravvissuta a tutti quelli che sono morti prima di me. Incluso te, David. E che quando mi manca il respiro, quando sembra che i polmoni si restringano, prendo aria da un libro, da un film, da una canzone. So che sono piaceri solitari, perché le emozioni che suscitano non le sappiamo trasmettere come le sentiamo, ma non so farlo in un altro modo, non so chiedere aiuto quando ne ho bisogno. Per questo non ho ancora detto a nessuno, a nessuno dei miei amici, che sei morto, e che mi fa male tutto. Non so chiedere conforto. Credo che le cose belle capitino senza chiederle: accadono e basta, come le fusa di un gatto, o il perdono.

Mi stiracchio, anche se non ho sonno e non sono neanche stanca. Oggi non è stata una giornata molto dura, anzi, l'ho passata guardando giornali e riviste di vari Paesi, ma anche questo è lavoro. Devo creare due tipi di caratteri per una pubblicazione mensile: due alfabeti diversi, nuovi, che siano facili da leggere ma sofisticati, mi hanno chiesto... Sì, lo so che mi perdo nei dettagli, ma ho delle ore davanti, e sappiamo tutti che l'eternità è un attimo. Voglio raccontare, per una sola volta, come ho ucciso quell'uomo e come, per tredici anni, abbiamo custodito il segreto.

Il segreto che ha ucciso David una settimana fa.

_ _   _ _ O _ O   _ E _ _   _ _ _ _ _ _ A _ O

1.

Bisogna ricordare. Spingersi fino al mese di giugno, agli inizi. Quattordici anni fatti da poco, non ero una bambina, mi sentivo già adulta, o quasi. Bisogna ricordare il coltello nelle costole. Non lo vidi in volto, mi prese alle spalle. Era un sabato pomeriggio, assolato. Camminavo per la città vecchia, avevo appena salutato un'amica e tornavo al mio *barrio* perché avevo appuntamento con David al campo, anche se non a un'ora precisa. Questa storia la racconterò perché si è già staccata dal mio corpo, come pelle morta.

Senti una pressione incongruente, assurda, sotto il petto, qualcosa che non va, che non ha senso, che non può aspettare. Guardi e vedi una lama e una mano volgare, assolutamente normale, mentre con l'altra mano ti spinge in un angolo della strada, prima, e dopo che passano due ragazzi, che non ti vedono, ti infila in una viuzza che non avevi mai notato. Gli dài le spalle. Ti parla in castigliano, non ha nessun accento. Dice se ti muovi ti sgozzo, puttana. E non ti muovi. Solo che la tua testa se ne va per i fatti suoi e vuole dirgli che quella è una frase molto banale, che quasi non fa paura. Ma è una bugia. Quella della paura, ovvio. Continua a parlare, dice andiamo, e voglio che guardi per terra.

Non rispondi. Preme un po' di più il coltello contro il tuo corpo. Vai di nuovo verso la strada, guidata da una mano che ti stringe la spalla. Nasconde il coltello nella tasca della giacca, e ti punge il costato mentre cammini. Pensi a scappare, ma le sue dita, tanto vicine al tuo orecchio, ti sussurrano non te lo sognare neanche. Quelle dita ti spaventano molto più del coltello, perché le hai viste appena ma sai che sono bianche come quelle dei piedi. Ti passa vicino gente che non si accorge di nulla. Li guardi furtiva ma loro non ti guardano negli occhi. Sembra impossibile, sempre lì a lamentarti che nella tua provinciale città non puoi fare un passo senza che qualcuno ti veda, e stasera per la prima volta non incrocerai nessuno che conosci. Sfortuna. Immediatamente le strade sono altre, il *barrio* è un altro, ti è estraneo anche se è a due passi dal centro. È un quartiere sconosciuto, qui nessuno sa chi sei, e se lo sanno non gli importa nulla.

Senti il cuore che ti scoppia perché a questo punto sei già sicura di quello che sta per succedere. E questo è il meno. Ciò che ti terrorizza è quello che *potrebbe* succedere, quello che succederà *dopo*. Cammina, dice. E continui a camminare. I suoi artigli ti si conficcano nella spalla, come una tagliola, come la morsa di un cane rabbioso. Le sue unghie bucano la tua maglietta sottile, che era la tua preferita e che non metterai mai più. Il battito è così accelerato che il tuo petto sussulta ogni secondo, lo vedi saltare come se ci fosse un rospo lì dentro. Un'acidità gialla ti graffia la gola, sale come un ragno con le zampe ricoperte di peli d'acciaio. Ti piacerebbe che le tue gambe cedessero, ma sei forte. Prosegui, anche se ancora non sai dove ti porterà. Ti cola il naso, perché non puoi piangere, e non lo pulisci. Poi imbocchi una strada che conduce in un solo posto, e già lo sai. Sei fuori dalla città, anche se non sono passati neppure cinque minuti, e ci sono alberi e baracche e *gli uccelli delle cinque della sera*. Sole. Il vecchio ospedale, un edificio modernista chiuso da più di vent'anni. Non ti ci avvicinare mai, figlia mia, perché ci sono i drogati. Io non volevo, mamma. Mi faranno molto male. Non è colpa mia, questa volta no.

Speri che ci siano dei tossici che ti salvino, anche in cambio di una ricompensa, ma non c'è nessuno. Fate il giro della recinzione che corre lungo il perimetro dell'edificio, finché sul retro trovate un grande buco attraverso il quale entrate. Estrae il coltello dalla tasca, lo alza e ti punzecchia la nuca, leggermente, quasi senza farti male, di modo che continui a camminare nella direzione che la lama ti indica. Entri in un magazzino, pieno di polvere e merda e casse e cose che non sembrano dell'ospedale, come gabbie per conigli e vecchie biciclette. Non credi che ci sia nessun altro. Per un attimo ti viene in mente che forse ti vuole solo rapire, in fin dei conti la tua è una famiglia *de toda la vida*, si intuisce guardandoti, ci sarà qualcuno disposto a pagare per te. Attraversate un padiglione pieno di letti, o meglio, scheletri di reti e materassi, pochi, arrotolati, e non li guarda neanche. Questo rafforza la teoria del sequestro. E invece no.

Saliamo su per delle scale, ritorno in me. Mi fa sedere sul pianerottolo. Gli vedo la faccia: lineamenti regolari, gli occhi sono normali, il corpo è quello di uno qualunque, che non noteresti. Non sembra un forestiero, ma uno *de toda la vida*. Mi aspettavo di vedere qualcosa, o qualcuno, con un aspetto animalesco. Allora mi domando da dove la tiri fuori, tanta brutalità, un individuo così mediocre, e lo capisco subito. E lo temo davvero. Non è nessuno, è l'anonimato in persona, è uno di quegli uomini che si dimenticano pochi secondi dopo averli incontrati. Tiene ancora il coltello contro il mio collo e con l'altra mano si disfa con perizia della cintura, dei pantaloni, delle mutande. Non guardo il corpo, vedo i vestiti scivolare ai suoi piedi, due scalini più giù rispetto a dove sono seduta io. Penso, con orrore, che ha metodo. Non dev'essere la prima volta che lo fa.

Quello che succede dopo lo vedo perché non sono più lì, con gli occhi chiusi, me ne sono andata al piano di sopra a guardare tutto da lontano, come al cinema. Vedo la sua erezione e mi fa rabbia. Mi vedo ai suoi ordini mentre mi abbasso i jeans, le mutandine bianche. Penso a quant'è sporco per terra, a quanto mi fa schifo, e soprattutto che non voglio morire. Come se leggesse nei miei pensieri, mi dice che mi ammazzerà. Penso di non aver sentito bene. Mi accorgo che non sono più lì, mi sono trasformata in una bambola sulla quale lui si avventa, e che viene colpita da un ariete con lentezza medievale, solo che io non ho un fossato che mi protegga, e mi graffia e mi rompo e mi apre e tutto è secco e insensibile come legno al sole, e lo vedo che si sputa nella mano, e mi chiedo perché. Vedo il dolore ma non lo sento, ancora no, e mi sorprendo di questa nuova capacità che mi permette di uscire dall'inquadratura. È in quest'istante che scopro di essere una persona molto fredda, che posso arrivare ad essere insensibile. C'è come una lima che strofina, e stride su un foglio di carta, e poi subito un grugnito: è passato un secondo e sento l'aria sulla pelle perché qualcosa mi ha bagnata. La mano del coltello si è abbassata per un attimo sul pavimento, e lui si solleva un po' e gli mollo un calcio nei testicoli rattrappiti. Non ho pensato di farlo, mi è venuto, puro riflesso, perché sono furiosa e terrorizzata. Riesco a fare di questo secondo un'eternità. Barcolla all'indietro e lo colpisco di nuovo con tutti e due i piedi, strillo molto forte, mi fanno male le vene del collo e della fronte. Cade ruzzolando giù per le scale. Ha il collo storto come una chiave inglese e non si muove. Mi tiro su le mutandine, i pantaloni, tutto in silenzio perché non si svegli, se davvero sta dormendo. Il mio cuore ha smesso di battere, è fermo, ma non mi spavento: è per non far rumore. Raccolgo il coltello a metà della scala, lo ripiego e lo ripongo in tasca. Arrivata in fondo alle scale lo oltrepasso con un salto, nel panico. Gli esce il sangue da un orecchio e, obbedendo a un nuovo riflesso irrazionale, come il primo che mi è scappato, gli dò un fortissimo calcio in faccia. Ferocia. Sapevo che non era bello fare questo a un morto, ma che me ne importava allora? Ero viva, avevo vinto, ero io che avevo ammazzato lui. Continuai a colpirlo, frenetica, ancora un minuto o giù di lì, soprattutto sulla testa e sui genitali, ma non reagì neanche una volta. Io, che avevo visto tutto dall'alto delle scale, scesi correndo e saltai sopra il cadavere e mi infilai di nuovo nel mio corpo, che era impazzito. Ripresi coscienza all'istante.

Attraversai volando l'ingresso, il padiglione con i letti e il magazzino, e sbucai davanti alla recinzione, la attraversai da dove ero entrata, scesi in strada. Mi guardai nella vetrina di un negozio, ancora nel *barrio* che non conoscevo, ma non avevo paura: il figlio di puttana era bello che morto e in quel momento per me lui era l'unico infame che c'era al mondo. La mia maglietta si era un po' slabbrata su una spalla, la sistemai come potevo. Senza saperlo e senza prestare molta attenzione, nessuno avrebbe notato nulla. I pantaloni non sembravano sporchi, e non c'era neppure una macchia. I capelli stavano bene perché li portavo molto corti. Li ravviai con le dita. Mi passai le mani sulle braccia: era tutto al suo posto, e non sembrava vero. Mi resi conto allora che la commessa, dall'interno, mi guardava fisso come se fosse sul punto di uscire e chiedermi perché stavo lì a palparmi davanti alla vetrina, e cominciai a camminare veloce prima che potesse dirmi niente. Capii cosa vuol dire avere sangue freddo, e il mio doveva essere come minimo quello di un serpente. Solo io sapevo quello che portavo sotto i vestiti e i capelli, ma non c'era motivo che lo sapesse nessun altro, e ancor meno che lo notasse. Era inutile denunciarlo perché ormai era morto. E l'avevo ucciso io. Non sembrava vero, non era passata neanche mezz'ora da quando avevo lasciato la mia amica, e in quel breve lasso di tempo mi ero trasformata in qualcuno che la mia amica non avrebbe mai riconosciuto.

In un attimo ero in centro, incrociai due ragazze che conoscevo di vista, le salutai, continuai a camminare verso il mio *barrio* e due minuti più tardi incontrai i miei genitori, perché è sabato e sono andati a fare compere e la città è molto piccola. Dov'eravate tutti venti minuti fa?

Mia madre si rese conto che c'era qualcosa di strano e volle sapere che avessi. E io non c'è niente, sto facendo tardi ai biliardini in parrocchia. Non le dico che ho appuntamento con David al campo di basket, perché ormai dovrebbero saperlo, e così gli risparmio il commento di rito su che grandi lavoratori sono i suoi genitori e su quanto poco lui gli somigli, anche se in fondo, dicono sempre loro, se sono amica di David dev'essere un bravo ragazzo. Solamente che non si vede. L'ironia degli adulti mi fa impazzire. David gira per il *barrio* impennando a tutto gas con la sua moto truccata, si ficca in tutte le risse, mette al corrente il vicinato delle novità discografiche grazie al volume del suo giradischi, e quando si esercita con la chitarra le emicranie nella sua strada aumentano esponenzialmente. *Ma in fondo dev'essere un bravo ragazzo*. La macchina è parcheggiata molto vicino, mi lasciano, anche loro tornavano a casa. Guardo il cielo, e non c'è neanche una nuvola, e non mi ha ammazzata. Mi torna davanti agli occhi quell'immagine, lui buttato per terra e io che lo prendo a calci, e non mi importa di non sentire niente oltre al sollievo di essere viva. Continuo a toccarmi, senza che i miei genitori se ne accorgano, per assicurarmi che ogni cosa sia al suo posto. Incluso il mio sesso, che per la prima volta sento chiaramente.

I_ _IO_O _E__ I__I__A_O

1.

David mi aspetta da solo al campo di basket, giocando a far canestri col suo pallone arancione dell'NBA. Mancano pochi giorni all'inizio degli esami e, per quanto il suo corso sia relativamente facile, pensa che verrà bocciato in tutte le materie. Come se studiare all'Istituto Professionale non fosse già una sfortuna sufficiente, secondo il coro degli adulti. Mi metto a giocare con lui, ma qualcosa mi dà fastidio nella tasca. Lo tiro fuori, David lo vede, è il coltello. Mi domanda. Ora, nelle sue mani, non mi fa paura: noi ragazze ci sbagliamo spesso. Sapevo che a lui avrei finito per raccontarlo, ma non pensavo di farlo così presto. Non potevo ancora piangere, continuavo a sentirmi gelata dentro, anche se nelle mutandine qualcosa di strano, qualcosa che non era più umido, sembrava solidificarsi. Usai la mia nuovissima capacità di straniamento, e con un tono cinico gli buttai lì all'improvviso, con una sola frase, che quella stessa sera e in meno di quindici minuti avevo perso la verginità e avevo anche ucciso un uomo. E aggiunsi che a molti non succedevano tante cose in una vita intera. Sbiancò, poi arrossì e mi tirò uno schiaffo. Mi lasciò lì impalata, prima a guardarlo con odio, ma subito mi misi a piangere sommessamente, senza isteria, e pensai che lo schiaffo mi stava facendo tornare umana, che alla fine ero venuta fuori dalla mia astrazione, e potevo perlomeno singhiozzare, senza urla. Mi chiese perdono e lo perdonai, perché sapevo che quel colpo non era per me e perché lo avevo visto violento così tante volte che non mi sorprese. David voleva sapere tutto, fino all'ultimo dettaglio. Mentre mi ascoltava parlare si mordeva le nocche e l'anello, che gli andava un po' largo. Cominciò ad agitarsi come l'avevo visto di rado. Disse che non mi credeva, che io inventavo sempre storie per impressionarlo. Si mise il coltello in tasca. Lo rimproverai perché fumava. Gettò la sigaretta per terra, e mi chiese di tenermi il pallone e poi di riporlo a casa mia, perché aveva una cosa urgente da fare subito, e non poteva portarselo dietro. Sarebbe passato a prenderlo più tardi, o il lunedì successivo. Che non raccontassi mai quella storia, o mi avrebbero creduto pazza. Pur avendoglielo chiesto, non lo convinsi a restare con me, lo aspettavano da qualche parte. Io non piangevo più. David montò sulla sua Vespa, che non aveva ancora l'età per guidare, e se ne andò.

Io restai seduta, da sola, sulla panchina dalla quale seguivamo le partite di basket, guardandolo scappare sulla sua vecchia Vespa Primavera, di quelle col faro rotondo, faro Mortadella, come lo chiamavamo noi. Non pensavo nulla, il cuore mi batteva ma era il cervello che si era fermato, ora. Non riuscivo a smettere di vedere l'uomo disteso e il sangue dall'orecchio, come un filmaccio, un riempitivo nelle sessioni a programmazione continua. E non mi sembrava vero, forse David aveva ragione. Non pensavo nulla, svuotai la testa, arrivai al campetto palleggiando, feci un paio di canestri solitari e tornai a casa.

Entrai dal retro, attraverso il garage, e lasciai lì il pallone. Feci una doccia e mi lavai la coscienza. Quasi non mi faceva male. Mia madre insisteva per sapere cosa stesse succedendo, e non fui capace di raccontarglielo, a lei no. Per orgoglio e stupidità adolescenziale, e perché la amo troppo. Frequentavo la terza media, e nonostante le cattiverie che facevo o pensavo di tanto in tanto, nonostante le discussioni sempre più frequenti, non volevo che lei o mio padre lo sapessero. Loro proteggevano me e io credevo di proteggerli da me. Mentii di nuovo, le dissi che non mi sentivo bene e che me ne andavo a letto. Non mi lasciò andare tanto presto, prima mi toccò cenare e aiutare con i piatti sporchi. Credeva fosse un nuovo stratagemma per non pulire la cucina, compito che la sera spettava a me, dato che lei lo faceva a mezzogiorno, quando io non avevo tempo perché tornavo di corsa a scuola.

Mi fece bene quella sera: lavai i piatti come mai prima, impegnandomi, li asciugai lucidandoli forte col panno pulito. Brillavano. Poi passai ai ripiani, a cui di solito mi dedicavo solo superficialmente, e usai addirittura la candeggina, anche se non volevano che mi ci avvicinassi troppo. Strofinai con la spugnetta, passai lo straccio, sciacquai mille volte, insaponai i fornelli. Mia madre entrò un paio di volte per vedere cosa stessi facendo, perché tardavo tanto, e invece di trovarmi a poltrire o a fingermi malata, mi trovò in preda a un raptus da casalinga che pensò fosse meglio non interrompere. Quella notte arrivai a pulire perfino le piastrelle delle pareti. Feci in quella cucina quello che desideravo fare dentro di me, essere pulita, pulita come mai usata, nuova come uscita di fabbrica una manciata di anni prima. Quando finii andai nella mia stanza e mi addormentai immediatamente, senza pensare a nulla.

2.

Mia madre mi svegliò abbastanza tardi il giorno seguente. Quando mi tirai su mi scricchiolò tutto il corpo, che sentivo dolorante e teso come se avessi passato la notte intera a correre. Avevo delle fitte pazzesche. Provai invano a convincerli che non stavo bene e che mi faceva male tutto: non poteva essere influenza, nonostante i dolori muscolari, perché non avevo neanche un linea di febbre, e raffreddata non ero. Mi fecero alzare, ovvio. Passammo la giornata sulla costa, ricordo che era un bel paesino, mangiammo in un ristorante di mare e la sera, mentre passeggiavamo, mia madre mi disse che quella che stavo attraversando era un'età ingrata, e che non le raccontavo niente. Io pensavo, se tu sapessi, e non mi pento del mio silenzio. Con gli anni gliele ho raccontate alcune cose, quando ho potuto spiegargliele e non potevano più farci male. So che non mi lascio aiutare, e questo li fa soffrire, ma in quel momento l'unica sofferenza che mi interessava era la mia, e tutto ciò a cui mi andava di pensare erano cose tipo aerei che cadono e barche affondate, perché senza dubbio erano posti dove avrei potuto trovare gente più sfortunata di me. Quel giorno, il giorno dopo lo stupro, è stato l'unico della mia vita in cui ho contemplato la morte come una soluzione desiderabile. E non solo la mia morte: credo che la morte di tutti quelli che mi circondavano mi avrebbe confortato quanto la mia, o forse di più.

Tornata a casa mi chiusi in camera mia a disegnare. Feci esplodere di proposito una cartuccia, ma con l'impegno di non macchiare altro che il foglio. Sparsi lacrime nere d'inchiostro, che brillavano e si mescolavano con le mie povere lacrime trasparenti e salate, che avevano così poca sostanza. Non potevo muovere un muscolo, piansi senza far rumore, senza isteria, perché non volevo che entrassero a vedere che mi succedeva, e perché non volevo fare altri danni. Stavo trascorrendo l'adolescenza tra i pianti e gli sbalzi ormonali, ma stavolta era diverso. Mi ero sempre ritenuta una persona sensibile, che piangeva per la minima ragione, e mi accorsi allora che ero solo suscettibile, irritabile, viziata. Ciò che mi sconvolgeva era che mi contraddicessero, che non mi dessero sempre ragione. Scoprii, e non mi piacque, che ero vulnerabile ma molto fredda, e che ciò che credevo fosse sensibilità era spesso orgoglio o superbia. Piansi perché non volevo essere così, non era un modo d'essere che mi piaceva, e avrei impiegato molto tempo ad accettarlo come parte di me. Ma questo difetto, questo terribile difetto che non volevo ammettere, mi aiutò a non crollare, neanche durante la lezione di Etica, qualche giorno più tardi.

Lunedì andai in biblioteca come sempre, ma David non si fece vedere, né mi aspettò all'uscita. Poi andai al fast food dove lui passava un sacco di tempo, ma non c'era neanche lì. Nemmeno al campetto. Chiamai a casa sua da una cabina e rispose suo padre, riattaccai. La moto non era parcheggiata al solito posto. Non ci diedi più importanza, doveva essere in giro con i suoi amici, a farsi le canne nel bosco. Neppure martedì lo vidi. Né mercoledì. Nessuno sapeva che stesse combinando, anche se qualcuno diceva di averlo visto passare in moto. Più che altro mi stupì il fatto che non fosse neanche passato a riprendersi il pallone, perché non giocava mai con un altro. Ma la verità è che già ne avevo abbastanza dei miei problemi perché potessi preoccuparmi anche dei suoi.

Non ho dimenticato neanche il giovedì. Lo ricordo bene come il sabato precedente e quello successivo, come tutta quella settimana. Ero in classe, disegnando lacrime nere d'inchiostro sul mio libro – perché questo facevo quando non potevo piangere, disegnavo lacrime, fiumi, intere pagine – aspettando che arrivasse il professore. Dato che eravamo i più grandi della scuola, la nostra lezione di Religione la chiamavano Etica. Consisteva nello scegliere, tutti insieme, un argomento di attualità e discuterne in classe. Avrebbe potuto essere una materia interessante se non fosse stato per il prete che la insegnava: padre Miguélez – che faceva Religione a quelli di quinta elementare, prima e seconda media – era un uomo spregevole. Avevamo parlato di pornografia, aids, televisione, videogiochi, droghe, e fino a qui nessun argomento mi aveva infastidita. Era un gioco da ragazzi, la materia più facile. Non intervenivo nelle discussioni perché di solito non ero d'accordo col prete, e non mi ero mai preoccupata di farglielo notare perché sapevo che era inutile contraddirlo.

Quel giovedì fu tutta un'altra cosa: a lezione si parlava di stupro. Non erano passati neanche cinque giorni dal mio. Il prete, come sempre, fece un'introduzione per impostare il dibattito e cominciò dicendo che un numero non trascurabile di stupri avviene per colpa delle donne. E qui alzai la testa per guardarlo: secondo lui le donne, incarnazioni del diavolo in persona, tentavano gli uomini, e poi succedeva quello che succedeva. Io non riuscivo a credere alle mie orecchie. Siamo nel 1988, perdio! Proseguì dicendo che in altri casi la colpa era dell'uomo, ma diamine, che gli vuoi fare, alla fine era sempre colpa del demonio che in questo caso si appropriava di quei poveri burattini. Fino a qui niente di nuovo, conoscevo già le idee del prete, perché anche nel dibattito sull'aids mi ero incazzata quando aveva detto che la colpa era degli omosessuali, che oltre ad essere malati erano anche posseduti da Satana.

Niente di tutto ciò mi colse di sorpresa. Quello che mi scioccò, quello che mi fece male sul serio, fu l'abominevole discorso che si permise di propinarci dopo sulle conseguenze dello stupro nelle vittime che, per inciso, per lui erano sempre donne adulte, come se i bambini e gli uomini fossero intoccabili. Secondo lui le donne violentate, dopo l'aggressione, potevano finire solo in due modi: lesbiche o ninfomani.

Ricordo come se fosse ora quando disse che non pensava di spiegarci nessuno dei due termini che aveva appena usato perché, alla nostra età, dovevamo conoscerli già. La sua teoria si basava sul fatto che alcune avevano paura degli uomini, e per questo c'erano le lesbiche nel mondo: erano tutte donne che erano state aggredite da uomini, cioè, dal diavolo. Altre, la maggior parte, si trasformavano in ninfomani che, per sconfiggere la paura, fornicavano con tutti quelli che si trovavano davanti. Io cercavo di restarmene al mio posto senza farmi notare da nessuno, senza tremare, senza agitarmi, senza spezzare la penna a metà, senza soffocare un grido. Volevo dirgli in faccia che era falso, ma non osavo perché mi sarei messa in ridicolo di fronte a tutta la classe, e poteva venir fuori quello che nascondevo. Suppongo che quel viscido decerebrato non abbia mai pensato che nella sua classe ci potesse essere qualcuno che c'era già passato. Forse non ero neanche l'unica, ma non lo potevo sapere. Finì la lezione e dissi alla professoressa dell'ora seguente che mi sentivo male e volevo andare a casa. Mi lasciò uscire. Nel corridoio incrociai padre Miguélez, e quando mi passò a fianco sussurrai:

«Anticristo».

Si voltò, meravigliato e allarmato, e si rigirò quando vide che io lo stavo guardando, tranquilla e quasi sorridendo, con aria di sfida. Lo osservai mentre se ne andava, e posso giurare che il disgraziato sentiva il mio sguardo piantato nella nuca come io avevo sentito il coltello. Non so che mi era preso, ma in quel momento mi feci paura. Sentii che avrei potuto ucciderlo, e mi piacque quella sensazione, mi sentii potente. Potevo uccidere qualsiasi uomo. L'idea mi affascinò per qualche istante, fino a che le risate di un paio di bimbi piccoli mi strapparono al mio stupore, e me ne andai. Uscii dalla scuola. Miguélez non mi denunciò mai alla suora direttrice.

Io sapevo che lui si sbagliava e che le cose non stavano così, ma riuscì a farmi venire il dubbio. E se mi tramutavo in una lesbica? O in una ninfomane? Il tempo che era passato era sufficiente per accorgersene? Me ne sarei resa conto o magari era già successo? Io non conoscevo nessuna lesbica, almeno non che io sapessi, e avevo solo due riferimenti: le foto delle riviste porno, che mi sembravano ridicole – in generale ho sempre preferito i film – e l'idea vaga di un tipo di donne che indossavano camicie da boscaioli canadesi, jeans larghi e consumati, e portavano i capelli a spazzola. Io portavo i capelli tagliati a spazzola. Immaginavo a quel modo, ma nell'antichità greca, anche la poetessa Saffo, sulla quale avevo già letto qualcosa. La mia ignoranza sarebbe scomparsa qualche anno più tardi, ma in quel momento tramutarmi in una lesbica mi sembrava la cosa peggiore che potesse succedermi e, per precauzione e profilassi, mi feci crescere i capelli. Non volevo essere così.

Di essere ninfomane non me ne importava poi tanto. L'estate precedente, in spiaggia, mi ero lasciata baciare da un italiano, e avevo pensato molte volte che il sesso mi interessava a tal punto che ero più simile a un ragazzo che a una ragazza. Arrivai a pensare che non era normale, ed ero sicura che l'argomento non attirasse l'attenzione di nessuna delle mie amiche tanto quanto capitava a me. Io ero la più precoce, quella che aveva avuto le mestruazioni prima di tutte, la prima della classe a mettere il reggiseno, e a quattordici anni non ricordavo più quando avevo cominciato a masturbarmi.

L'amore mi preoccupava molto meno, ce l'avevo bello e pronto con David e non dubitavo che saremmo stati insieme. Non avevo dubbi su quasi nulla, in quell'epoca. Credevo di sapere tutto, e di quello che non sapevo non mi importava. Uccidere quell'uomo, invece che intimorirmi, mi aveva fatto diventare più forte. Quando sentivo che stavo per cedere, immaginavo come assassinare Miguélez, e questo mi faceva sempre stare meglio.

Non andai dritta a casa quel giovedì, ma mi rimisi a cercarlo. E anche se non lo trovai, al campo mi raccontarono che alcuni ragazzi di fuori gli avevano rubato l'anello, e che ci aveva fatto a botte ed era finito come sempre al pronto soccorso. Era così malridotto che non si lasciava vedere in giro. Non ci credevo, perché sapevo che a David piaceva esibire le sue cicatrici di guerra.

3.

Il sabato mi chiamò, mi diede appuntamento al campo e gli restituii il suo pallone dell'NBA. La verità è che aveva un aspetto terribile, e non era per il sopracciglio spaccato o il naso rotto per l'ennesima volta, o per tutte le dita della mano destra in un tutore di metallo, fratturate. No, e non era neanche per le contusioni che aveva su tutto il corpo o per i quindici punti dietro la testa. Chi l'aveva ridotto così l'aveva spaventato a morte e trasformato in un relitto. Quando parlava guardava a terra, mai in faccia, negli occhi. Non poteva giocare a basket, ovvio, e riusciva a malapena a usare la moto andando molto piano. C'era qualcosa che non andava, non era lui, non gli importava di giocare né della moto né della chitarra. Mi disse che aveva trascorso la settimana a casa, a studiare, perché a settembre voleva essere promosso nel maggior numero di materie possibile. Quando gli avevano rubato l'anello si era sentito sfortunato e indifeso, senza il talismano che lo rendeva immune dai suoi nemici, e ora avrebbe dovuto sforzarsi e lavorare sodo per farcela. Mi sembrò un discorso assurdo, come se un altro, uno sconosciuto, avesse parlato al posto suo.

Non si levava la sigaretta dall'angolo della bocca, la teneva lì, come un vecchio. Faceva pena. Gli chiesi dove era successo, quando. Disse il nome di una via che non conoscevo, era successo lo stesso sabato. *Quel* sabato.

«Com'è andata?».

«Non lo so, ho parcheggiato la moto e sembrava che mi aspettassero, non li avevo mai visti, erano quattro forestieri, i bastardi. Poveracci, cani, morti di fame. Mi hanno colpito alla testa, non ricordo bene, guarda che taglio. Si sono presi il portafoglio e l'anello. Quando se ne sono andati mi ha svegliato una vecchia».

«La conoscevi?».

«No, manco per niente. Mi sono precipitato in strada, ho preso la moto e sono riuscito a tornare a casa. Mio padre mi ha portato in ospedale come se c'avesse il fuoco in culo».

«Hai parlato con la Polizia? Ti hanno chiesto qualcosa?».

«Al pronto soccorso. Me ne fotto. Non andrò al commissariato a sporgere denuncia. A quest'ora devono averlo già venduto l'anello, non c'è un cazzo da fare. E chi li prende più, ora?».

«Te ne regaleranno un altro, vedrai».

«No, non ne voglio un altro. Non lo voglio. Fanculo, lo odio. Magari se non l'avessero visto non mi avrebbero rapinato. Non avevo un centesimo nel portafoglio, che cazzo. E l'anello era massiccio! Se lo trovassero non vorrei neanche rivederlo. E in più, adesso mi resteranno tutte le dita storte. Non voglio che nessuno mi guardi le mani».

«E la chitarra...?».

«Per ora né chitarra né niente».

«Non ti ci vedo senza musica...».

«Devo studiare, cazzo, mi portava via troppo tempo».

«Sei irriconoscibile».

«Anche tu».

Non arrivammo a litigare, ma era diverso, intimorito, e pensai che così, perlomeno, avrei dovuto essere io il sabato prima, e anche questo. E invece no: l'unica differenza in me era questa nuova freddezza, che dimostravo perfino quando divoravo il quotidiano locale alla ricerca di notizie sul ritrovamento del cadavere, o sulla scomparsa di un qualche uomo. Ma non saltò fuori mai nulla, e riuscii quasi a convincermi che non fosse successo. David era davvero scosso, e per la prima volta mi domandai che razza di mostro fossi io.

Quello a cui feci più fatica ad abituarmi non fu l'idea di averlo ucciso, ma di essere orgogliosa di averlo fatto.

IL _IO_O _ELL' I__I__A_O

1.

Sentivo di non sentire. Per la prima volta ero completamente sola in qualcosa che non avevo scelto io, qualcosa che era successo perché inevitabile, assurdo, desolatamente reale e tanto, tanto difficile da credere. Nonostante ciò che avevo raccontato a David, non riuscii a fargli capire il mio cambiamento dopo l'incidente: il mio cuore e il mio stomaco furono sostituiti da una levigata e compatta lastra di ghiaccio, sulla quale tutto scivolava. Dato che avevo una sola preoccupazione, non diventare lesbica, decisi che sarei stata una ninfomane. Ero anche un'assassina, e quindi tanto valeva che mi perdessi fino in fondo. Non era un atteggiamento così superficiale come sembra: era una decisione cosciente e inappellabile, a tal punto che so spiegarla solo senza aggettivi. Non credevo che per me ci fosse possibilità di redenzionc, e mi buttai via, anche se in maniera infantile. In fondo non avevo l'età per farlo in un altro modo.

La mia famiglia d'estate trascorreva due mesi al mare, in un minuscolo appartamento che affittavamo tutti gli anni. Mio padre prendeva due settimane a luglio e altre due ad agosto per stare con noi. A mia madre spettava un mese di ferie pagate, e ne prendeva un altro a proprie spese. Il suo capo glielo permetteva perché d'estate c'era molto meno lavoro: risparmiava un po', e così erano contenti tutti.

Il paese era piuttosto brutto. Era sulla costa più sovrappopolata della penisola e le costruzioni che erano sorte una decina d'anni prima senza nessuna regola, ma con la volontà di resistere come la malerba, cominciarono rapidamente a perdere la praticità e la funzionalità che dovevano aver avuto in passato, come se lo skai marrone e la fòrmica arancione annunciassero un futuro lontano e, fortunatamente, improbabile. C'erano i bar Kansas, Las Vegas e Kentucky, le discoteche Bali, Hawaii e Capri, gli hotel Savoy, Plaza e Royal, le gelaterie Venezia, le pizzerie Napoli, il ristorante galiziano, la locanda andalusa, la birreria Heidelberg, il ristorante cinese La Grande Muraglia e, miracolo, un McDonald's, forse il primo che ho visto: l'avevano aperto prima lì che nella nostra città. Si sentivano nell'aria i cambiamenti che il paese aveva affrontato in dieci anni di Costituzione e democrazia. E in quell'ambiente di cosmopolitismo costiero, pieno di stranieri che sapevano più di olio di cocco abbronzante che di aftershave, io mi muovevo con la disinvoltura di chi è convinto che il mondo intero sarà il suo salotto.

Mettere in pratica i miei piani fu semplice, grazie alla complicità di mio fratello. Durante il giorno, in spiaggia, o durante la passeggiata pomeridiana con le amiche, conoscevo i ragazzi. Probabilmente non dimostravo molto più dei miei quattordici anni, ma il mio comportamento non lasciava spazio ad alcun dubbio. Approfittavo di ogni distrazione di mia madre per passare dal contatto visivo alle parole. Davo appuntamento alle mie prede, sempre dopo mezzanotte, in qualche bar per stranieri, di quelli che né i miei genitori né i loro amici avrebbero mai frequentato, perché erano molto rumorosi e pieni di adolescenti che non facevano altro che ubriacarsi. In tutte le località estive ci sono posti così per i giovani.

Svignarmela durante la notte non era affatto difficile. Il nostro appartamento, che in realtà era formato da due monolocali collegati da una porta, aveva un'entrata indipendente. Quando sentivo che i miei dormivano – o meglio, russavano – chiudevo a chiave la porta di mezzo, che per fortuna non cigolava. Poi Rafa andava nel nostro bagno e tirava la catena, e io approfittavo del rumore dello sciacquone per aprire e chiudere la porta che dava sul pianerottolo, senza che nessuno si accorgesse di nulla.

E uscivo. Mi mettevo il rimmel sulle ciglia e mi tingevo la bocca con un lucidalabbra rosa. A quell'epoca non avevo neanche la borsa, solo uno zaino, e così uscivo senza soldi, senza nulla in mano, con la chiave della stanza nascosta nelle mutande, in modo da non perderla e ricordarmi che per nessuna ragione al mondo qualcuno doveva mettere le mani lì, perché mi vergognavo e, anche se ero ninfomane, volevo fare l'amore la prima volta con qualcuno che amavo, e che mi amava a sua volta. Con David. Lui doveva essere il primo. E perché quell'altro non contava, dato che era morto. I morti non contano, mi dicevo spesso per tirarmi su. E funzionava.

Andavo in giro da sola e senza paura, come se tutto il male possibile fosse passato una volta per tutte, e credevo davvero che quella fosse la cura, che stessi facendo solo quello che dovevo. Mi servivo dello stesso ragazzo al massimo per tre notti, perché non volevo raccontare nulla di me né affezionarmi troppo a nessuno di loro. Mi spingevo fino a dove lo consentivano le poltroncine che c'erano al primo piano di tutte le discoteche, per ribadire che mi piacevano ancora, e che io piacevo a loro, ma niente di più: baci, qualche strusciamento, rossori. Dicevo di avere sedici anni, e mai nessun buttafuori mi proibì di entrare in un locale. Mi sentivo sicura di quello che facevo, dovevo farlo, e quell'estate mi trasformai in una ragazza nuova, ancora senza farlo vedere, con la pelle da bambina e la voglia di trasformarmi in donna.

Dovevo soltanto guardarli negli occhi e con gli occhi chiamarli. Non quelli che erano ancora bianchi, o rossi, perché erano appena arrivati e sarebbero rimasti troppi giorni, ma quelli che erano già abbronzati, quelli che presto sarebbero andati via. I ragazzini e non quelli più grandi, perché capii subito che erano molto più facili da maneggiare. Sempre stranieri, neanche uno spagnolo. In seguito avrei chiamato quell'estate dei miei quattordici anni «Eurovisione», perché fu un'estate in cui mi passarono tra le mani tutti i Paesi d'Europa, anche se per un solo giorno, o poco più. E io, dall'esterno, là dove mi trovavo a partire da giugno, mi concedevo il lusso di giudicarli e dargli un punteggio in base alle loro prestazioni. *France, huit points, France, eight points. La Grèce, douze points, Greece, twelve points*... Mi ricordo di Niko come se fosse passato solo un momento, quel ragazzo con gli occhi neri neri, che aveva quattordici anni come me. La sera andavamo insieme a guardare il mare da un punto isolato che avevamo scoperto mentre cercavamo un po' di intimità. Bisognava camminare quasi mezz'ora per arrivare al nostro nascondiglio. In ogni caso, era perfetto perché non c'era nessuno, e in quel momento stavo quasi per lasciarmi andare, ma i suoi genitori se lo portarono via prima che mi decidessi.

Io parlavo un francese decente, scolastico, e un inglese abbastanza scorrevole, grazie alle lezioni della scuola di lingue. Non bevevo mai alcolici, solo succo di pesca, c'era sempre qualcuno che offriva. Alle due sparivo da sola, non lasciavo che mi accompagnassero. Insistevo dicendo che mio padre passava a prendermi in macchina, e che se li avesse visti sarei finita nei guai. Lasciavo senza alcun rimorso il ragazzo che avevo baciato per due ore, non senza avergli prima ricordato che, se mi incontrava quando ero coi miei, non doveva dirmi niente o mi avrebbe messo in un bel casino. Tutti trovavano logico che i genitori spagnoli fossero molto gelosi dell'onore delle loro figlie. Non ero neanche lontanamente cosciente del fatto che quello che facevo, eccitandoli in quel modo, avesse un nome...

Non successe nulla quell'estate che non voglia ricordare. Non finii nei guai neanche una volta, anche se quando ci penso ora mi rendo conto di quanto fossi matta, di quanta disperazione mi portassi dentro, di tutta la paura e l'ignoranza che con gli anni, lentamente, mi hanno abbandonata. Creai una corazza che mi rendeva insensibile. In un paio di mesi realizzai che il sesso non era altro che una questione di chimica, che potevo farlo, senza amore, con chiunque mi piacesse. Ovviamente sto parlando del sesso blando che feci in quei mesi d'estate, il cui fine non era tanto il piacere quanto la tranquillità che mi dava desiderare e sentirmi desiderata. Non si credeva che una ragazza potesse sentirsi così. Così si credeva che sentissero gli uomini, e mi domandai di nuovo se questo mi rendeva più simile alle lesbiche. Non mi facevo scrupoli a mentire sulla mia età con quegli sconosciuti, e non me ne facevo neppure a servirmi di loro mentre loro si servivano di me: faceva caldo, eravamo in vacanza, volevamo tutti la stessa cosa. E continuavo a pensare che senza dubbio c'era qualcosa di guasto in me, non riuscivo a capire se solo da qualche mese o da quando, ma non mi innamoravo di nessuno dei ragazzi con cui andavo. E, dato che non succedeva, continuavo a provarci. Solo Niko mi fece dubitare, e quando se ne andò ogni dubbio svanì con lui.

I miei genitori non si sono mai resi conto di nulla, e non gliene si può fare una colpa. Stavo fuori al massimo un paio d'ore. La mattina mi pesava alzarmi come al solito, ma lo facevo di ottimo umore. Andavamo in spiaggia e mia madre se la rideva quando, di tanto in tanto, qualche ragazzo mi guardava con insistenza, o passava quindici volte di seguito davanti ai nostri teli da mare. Mia madre e io stavamo vivendo entrambe il mio passaggio all'adolescenza, ciascuna un po' a suo modo. Ma, quando non ci si mettevano i miei instabili ormoni a farci litigare, ci facevamo delle matte risate insieme, come mai prima, soprattutto a proposito di uomini. E poi, come poteva venirle in mente che sua figlia, una ragazzina di quattordici anni, che prendeva buoni voti e che passava il tempo libero a leggere, uscisse tutte le notti, sola, e andasse per discoteche con qualche straniero? A nessuno nel pieno possesso delle sue facoltà mentali sarebbe venuta in mente una cosa simile.

2.

Tornai nella nostra grigia città, che quando c'era il sole diventava color salmone. Quell'estate mi crebbero delle ali enormi, troppo grandi per usarle senza sembrare goffa.

Dato che la città era piccola qualsiasi tragitto, per breve che fosse, implicava una serie di saluti, un codice che andava dalla semplice alzata di sopracciglia, indice di una conoscenza superficiale o di una grande complicità, fino alla sosta di dieci minuti per chiacchierare, passando per ogni tipo di gesto o espressione che usavamo in base al grado di intimità che c'era con chi si incontrava. In quel periodo andavo in giro salutando di continuo, con maggiore o minore affetto, quasi tutte le persone che incrociavo, ma in realtà amici ne avevo pochi. Susana, mia amica d'infanzia, morì a otto anni in seguito a un'operazione. Mari Tere, con la quale passai diversi anni giocando nel cortile della caserma, se ne andò a Salamanca quando il padre, tenente dell'Esercito, venne trasferito. L'ultimo sabato che trascorremmo insieme andammo a vedere *Labyrinth* al cinema Albéniz. Uscimmo stregate da David Bowie. Dovevamo avere dodici, tredici anni al massimo. Lurdes era l'amica dell'estate, andavamo a pattinare insieme durante le vacanze, ma scomparve anche lei in quel periodo. E mi restava solo Antonia, sempre Antonia, la mia più vecchia amica e quella alla quale ancora voglio bene in un modo curioso e quasi da sorella, anche se ci vediamo così poco e di lei so quelle tre cose che mi racconta mia madre per telefono ogni volta che la incontra.

Antonia è diventata, ora che David è morto, l'unica persona che può davvero raccontare com'ero a dieci anni fuori di casa: la mia ultima testimone. Non potrei avere un'amicizia più antica: anche se lei era nata un mese prima di me, ci battezzarono insieme. Venire a sapere questa circostanza, grazie alle nostre madri, quando ci «rivedemmo» all'asilo a quattro anni ci colpì, creò un legame che mi rifiuto di definire, perché sembra ridicolo anche a me. Suppongo che fu per l'impressione che ci fece, a una così tenera età, l'idea di conoscere qualcuno da tantissimo tempo, anche se non ce ne potevamo ricordare. Esisteva perfino una foto di noi due insieme, quel giorno.

Nei dieci anni che seguirono fummo sempre nella stessa classe e, anche se non siamo state amiche del cuore tutto il tempo, perché cambiavamo gruppo e questo a volte ci allontanava, sapevamo che l'una non avrebbe mai lasciato l'altra del tutto sola. Ancora oggi sento che è così, nonostante le nostre vite abbiano seguito rotte diverse, quasi opposte.

Antonia fu la prima delle mie amiche a conoscere David, il giorno della mia prima comunione. Più tardi ci vedemmo molte volte tutti e tre insieme, soprattutto in biblioteca, ma lei era più timida e partecipava raramente alle nostre avventure. Non riusciva neanche a svignarsela e a uscire come facevo io, perché sua sorella era come un mal d'orecchie che non smetteva di tormentarci: non la si poteva portare da nessuna parte senza che poi spifferasse quello che avevamo fatto, e per di più era incorruttibile. Per questo motivo finimmo per escludere Antonia dalla nostra società.

Settembre 1988: dopo tre mesi era tutto diverso. Cambiai scuola, perché dalle suore non c'erano le superiori, e io e Antonia ci separammo per la prima volta, i suoi genitori la mandarono in un'altra scuola. Mi ritrovai in un'aula dove la situazione era il contrario di quella che conoscevo: una scuola di preti fino a poco tempo prima solo maschile, ed eravamo sei ragazze per ogni classe in piena esplosione ormonale: acne, baffetti mal rasati, gel, sudore acre, jeans con i risvolti arrotolati sopra la caviglia...

Le mie enormi ali attiravano l'attenzione. Nella mia nuova classe, oltre a quasi quaranta ragazzi che per la prima volta avevano delle compagne nel loro corso, c'erano tre brave ragazze, una secchiona, una sciattona e io, che mi collocavo tra le ultime due anche se non rientravo propriamente in nessuna di quelle categorie. Non mi truccavo, non mi facevo acconciature che richiedessero più di trenta secondi di spazzola, non portavo i tacchi.

Non c'era bisogno di essere una bellezza venezuelana perché si contendessero il diritto di offrirti una ciambella al bar. I compagni più seri ci lasciavano fotocopiare i loro appunti. Quelli più sfacciati passavano la giornata pavoneggiandosi davanti a noi e picchiando i più deboli. Con i più simpatici facevamo sega a scuola e andavamo a prendere il caffè. E poi uscivamo con quelli più grandi.

Le mie lezioni iniziarono tre settimane prima di quelle di David. Di lui non sapevo niente da giugno, quasi dalla settimana in cui successe quello che stanotte racconto, perché dopo ci furono gli esami, e non ci vedemmo. Tutti e due sapevamo che, appena tornato dal paese dei suoi nonni, la prima cosa che avrebbe fatto sarebbe stata cercarmi, come sempre.

La biblioteca si trasformò in un posto diverso. Non che prima non notassi i ragazzi, ma per la prima volta loro notavano me. Lo attribuii alle nuove ali. Mi piaceva, e non facevo altro che guardarmi intorno per restituire quegli sguardi. Mi credevo molto interessante.

Ero già da un mese nella nuova scuola quando ricomparve David. Mi aspettava al solito posto, davanti alla biblioteca. Aveva preso il patentino quell'estate, e stava a fianco a una moto giapponese ultimo modello, che immaginai gli avessero appena regalato. Ecco cosa significa essere figlio unico e prendere buoni voti per la prima volta nella vita, in una famiglia benestante e riconoscente! Mi trovò cambiata, senza dubbio, perché per quanto fossimo amici non mi baciò sulle guance, com'era sua abitudine quando passavamo un po' di tempo senza vederci. Era imbarazzato, i primi istanti non sapemmo cosa dirci. Credo che fu proprio allora, quando smettemmo di essere bambini, che smettemmo anche di essere amici:

«Come va alla nuova scuola?».

«Non so. Diversa, nuova. E tu?».

«Io ho cominciato ieri. La solita merda. Sabato sono andato al campo ma non c'eri, non ti ho trovato».

«Non c'ero. Com'è andata l'estate?».

«Una figata. Ho preso il patentino. Non sto più con Sonia, ma vabbè, era una rottura di coglioni, ogni estate lo stesso. E a te?».

«Bene. Un'estate movimentata, ora ti racconto».
«E per il resto?».
«Bene. Sto uscendo con uno di quarta, uno della squadra di basket della scuola...».

Non so cosa mi passò per la testa, suppongo qualcosa di molto semplice tipo io ti dico i fatti miei e tu mi dici i fatti tuoi. Ma non avevo ancora nessuna malizia, e non attribuii nessun significato al fatto che mi aveva detto di non stare più con quella ragazza, suppongo perché non le avevo mai dato importanza: avevo sempre saputo di lei e che lui non l'amava ma, dato che era abbastanza disinibita, lui ne approfittava, o se la godevano entrambi. Non mi sembrò mai che ci fosse qualcosa di male.

Avevo notato il suo sguardo quando mi aveva vista uscire dalla biblioteca. Non riuscii a interpretarlo e l'unica cosa che mi venne da dirgli fu che uscivo con un altro, e oltretutto più grande di lui. Si arrabbiò con me. Feci l'ingenua per cercare di salvare il salvabile. Gli dissi qualcosa del tipo che non aveva motivo di essere geloso, perché lui non mi aveva mai chiesto di stare insieme *sul serio*, eccetera... ma non servì a nulla. Prima di andarsene a tutta velocità mi sputò addosso che ero una stronza, bastarda e traditrice. E va bene, pensai, contento tu... E non presi alla lettera le sue parole perché sapevo che quando era incazzato diceva assurdità senza senso, e poi gli passava. Allungai il passo per andare a casa, proteggendomi il petto con la cartella che avevo rivestito con le radiografie che mi avevano fatto alla testa quando mi ero rotta la mascella, qualche anno prima. Una cosa così stupida, come dei raggi X che rivestivano la cartella, e che a detta di tutti facevano proprio schifo per quanto mi si vedeva bene il cranio, aveva causato alcune smorfie di disgusto tra le mie amiche e parecchie rogne a casa. Era facile provocarli.

Nei quindici giorni che durò l'arrabbiatura di David, esattamente il tempo che impiegai a rompere con quello di quarta, Alberto, uscii e percorsi quella squallida strada, dritta e marrone per la polvere che si alzava, quattro volte al giorno, con Rafa sempre qualche metro dietro di me. Calle de Mediodía si chiamava, e c'era sempre il sole, e dei palazzi in costruzione. La città cresceva in direzione del nostro *barrio*, e minacciava di allungarsi fino alle nostre case col giardino. Io guardavo quei condomìni e sognavo di vivere in uno di quegli appartamenti, perché avevo sempre abitato in una casetta a un solo piano. Un sogno diventato realtà: dopo che me ne sono andata, non ho mai vissuto più in basso del secondo piano. Molte volte ho desiderato cose stupide, e troppe volte le ho ottenute.

La mia breve storia con Alberto mi annoiava, e lo mollai rapidamente. In quei giorni, e per caso, conobbi Olga, ancora oggi la mia migliore amica. Considerai le due o tre settimane che io e Alberto avevamo passato insieme a leggere riviste di basket un passo indietro, una perdita di tempo. Neanche con David facevo chissà che, ma era diverso: non dovevo sforzarmi di ascoltarlo, ascoltarlo veniva naturale, come ogni cosa con lui.

Giravo sempre con il radar acceso, mi interessava qualsiasi cosa. Ricordo di aver letto in quel periodo tutti i libri di Henry Miller dalla libreria di mio padre, di nascosto, e di non aver capito nulla, solo poche parole isolate. Poi continuai con Anaïs Nin, che capii un po' di più, e con Simone de Beauvoir. Non sapevo perché, mi sembrava strano che tutti questi libri fossero stati pubblicati a Buenos Aires nel 1968. E si trovavano tutti sui ripiani più inaccessibili, quelli oltretutto espressamente proibiti da mio padre. Non dubito del fatto che lui, che ha un'intelligenza molto sofisticata, mi proibisse quei libri proprio perché li leggessi spinta dalla curiosità. Come molti adolescenti che si credono ribelli, funzionavo con un meccanismo molto semplice: bastava solo che mi contraddicessero, nel loro interesse, perché io facessi esattamente quello che volevano loro. Sbagliavano sistema, credo, solo con David. Non mi impedivano di vederlo perché mi stancassi, ma la mia voglia di stare con lui non faceva che crescere.

3.

Un pomeriggio di ottobre decisi di saltare la lezione di inglese alla scuola di lingue e andare a fare qualche partita a *Wonder Boy* da Maddox, una sala giochi in centro, dove sotto sotto speravo di incontrare David o almeno uno dei nostri amici comuni.

Non c'era nessuno. Nessuno dei *nostri*, voglio dire, perché il locale era abbastanza affollato. Decisi comunque di restare un po' a giocare anche se ero da sola, perché me la cavavo bene con quel videogame. Superato il quarto livello, che era già complicato, mi accorsi che qualcuno alle mie spalle osservava la partita, una ragazza della mia età, anche lei sola. Mi chiese come avessi fatto. Mi piacquero i suoi occhi nerissimi e cominciammo a chiacchierare mentre le facevo vedere come si andava avanti, ma subito sbagliai. Le lasciai il posto perché giocasse lei e mi resi conto che era la prima volta che lo faceva. Provai a insegnarle qualcosa ma morì immediatamente e capii che il gioco non le interessava, che aveva solo voglia di parlare un po'. Pensai, dato che eravamo entrambe sole, che potevamo bere qualcosa insieme. Glielo dissi e fu così che io e Olga facemmo la nostra prima conversazione sedute a un tavolino, dove il pomeriggio c'erano sempre il suo caffè macchiato e il mio frappè al cioccolato, e la sera le sue birre e i miei whisky.

Olga parlava poco ma diceva molto. Era appena arrivata nella nostra città, con la madre separata e il suo compagno. Era di Madrid, che dalle nostre parti era peggio che essere forestieri – cioè, il peggio che si poteva dire di un forestiero era che fosse madrileño – e in una settimana al liceo non aveva parlato quasi con nessuno... Era evidente che una tanto *irregolare* dovesse per forza essere mia amica, dato che oltretutto non aveva quasi nessuno, e a me sembrava affascinante che fosse di Madrid: era una città in cui pensavo di andare appena possibile perché, se quelli delle mie parti la odiavano tanto, un motivo doveva esserci. Probabilmente perché era il posto dove io sarei stata felice.

A prima vista eravamo completamente diverse: lei sempre vestita di nero e io sempre a colori, lei era taciturna quanto io chiacchierona, e se tra il mio passato e il suo c'era qualcosa in comune erano i libri, anche se lei leggeva Boris Vian e io Kerouac. E libri e letture furono le fondamenta della nostra amicizia, che per anni fu un lavoro di costruzione, architettura e decorazione d'interni, fino a quando creammo uno spazio confortevole per entrambe, com'è ancora oggi, senza che nessuna delle due debba mai entrare nel territorio dell'altra per incontrarla.

A Olga piaceva stare sola. Isolarsi, stare in disparte. Io fremevo dalla voglia di uscire, andare a ballare, a fare shopping. Ormai ci conosciamo dalla metà dei nostri anni, e credo che insieme non abbiamo comprato neanche un fazzoletto. Mi ricordo ancora le poche volte insieme in discoteca (per queste cose c'erano le altre amiche e le compagne di classe). I nostri posti erano i caffè e i bar all'aperto. Con Olga parlavamo per ore di ciò che leggevamo, di ciò che pensavamo, della forma che avrebbe avuto la felicità se avesse avuto un corpo, di quello che avremmo fatto una volta adulte, quando avremmo potuto fare quello che ci pareva, del fidanzato che io avevo e che lei non riusciva ad avere. Con Olga bevevamo con disperazione azteca, come se fossimo state Frida Kahlo e Chavela Vargas a sedici anni, cercando nell'alcool la voce che non riuscivamo a tirar fuori. Ho passato molte ore della mia vita aspettando Olga sotto il portone di casa sua. A Olga mi univa, soprattutto, la libertà di pensiero, l'idea che avremmo deciso le nostre vite, la determinazione a stare insieme perché sì, perché si poteva fare, e a nostro agio, infischiandocene del fatto che, ovunque fossimo, in un baretto dei suoi o in una delle mie caffetterie, una delle due era sempre stonata rispetto all'ambiente. Per noi era uguale. Anzi, ci piaceva. Col tempo Olga si fece degli amici a scuola. Né i suoi compagni di scuola sopportavano me, né le mie compagne di scuola si trovavano con lei. Suppongo che Olga avesse qualcosa di punk e qualcosa di dark, mentre io, anche se era solo la scorza, mi vestivo da fighetta ribelle, incoerente e pulita. Bisognava scegliere una banda e restarci, per essere accettati, per tutta la vita. La dissidenza significava smettere di esistere.

4.

Intanto, quell'autunno, io e David continuammo a vederci, di nuovo tranquilli dopo la mia rottura con quello che lui chiamava «l'intruso». Ma, al contrario di quello che speravo, non ci mettemmo subito insieme, per quanto vivessimo nell'attesa. Lui continuava ad essere molto diverso, molto studioso. All'inizio mi sembrava strano, ma mi ci abituai e finii per credere al fatto che la gente cambia, che magari lui da quel momento in poi sarebbe stato così. Non volevo pensare a giugno né a nulla che fosse venuto prima di quell'estate: era un'altra vita, un'altra me. A novembre uscivamo con un gruppo di amici del biliardino. Smettemmo di parlare di basket e libri per parlare di musica e moto. Credo che in quelle settimane mi abbia messo alla prova: voleva sapere se stavo aspettando lui o se semplicemente stavo aspettando che arrivasse un altro che mi piaceva più di Alberto. David era bello, e aveva una pessima fama. Io avevo sempre qualcuno che mi ronzava intorno.

Speravo e disperavo allo stesso tempo. Continuavo con la biblioteca, la calligrafia, la scuola d'inglese. Ritagliavo dai giornali tutte le foto di orologi che trovavo e le custodivo in una cartella che avevo intitolato «I Fenici», perché da qualche parte avevo letto che per i Fenici il presente, come tempo verbale, non esisteva. Solo il passato e il futuro esistevano perché, al momento di iniziare una frase, l'inizio di quella frase era già passato. Il tempo cominciò a sembrarmi qualcosa di prezioso, come tutte le cose inafferrabili. Ci speravo e disperavo, anche se tutti i giorni ero felice come si può esserlo solo nell'attesa, quando si aspetta che qualcosa che si è desiderato a lungo accada presto.

IL _IO_O _ELL'I__I__A_O

1.

Era l'ultimo giorno di scuola prima delle vacanze di Natale. Quando uscii dalla biblioteca era lì ad aspettarmi – senza la moto, evento eccezionale. Mi propose di fare una passeggiata fino alla mia via, di accompagnarmi. Il tragitto, di dieci minuti, era brutto, senza niente di particolare oltre al ventre dei palazzi disabitati, e faceva un freddo che toglieva il respiro. Comunque mi sembrò una buona idea. Della nostra conversazione ricordo solo che tutti e due morivamo dalla voglia di avere un lettore cd, che era carissimo, ed entrambi pensavamo di comprarne uno appena avessimo avuto un po' di soldi. I prezzi dei cd erano proibitivi, ma anche la differenza nella qualità del suono rispetto alle cassette e ai vinili era straordinaria. A trecento metri da casa mia – dalla nostra, quasi, perché lui viveva nella via accanto – c'era un piccolo parco. Ora al suo posto c'è un enorme palazzo, che ha schiacciato la panchina dove ci sedemmo con la scusa di riposarci. A quell'età neanche correndo ci saremmo stancati a percorrere quella distanza, ma avevamo bisogno di una scusa, e quella andava bene. Alla fine del parco si vedeva la parrocchia.

Ci sedemmo fianco a fianco, come due cretini. David si accese una sigaretta, e come al solito gli dissi di spegnerla. Mi rispose che l'avrebbe fatto solo per una buona ragione. Mi fermai a guardarlo. La situazione somigliava vagamente a quella che avevo immaginato più di mille volte da quando avevo sette anni, ed eravamo un po' cresciuti, non tanto, ma abbastanza perché sapessi che l'unica ragione per la quale avrebbe buttato via la sigaretta era un bacio. Ma non osavo, non osavo fare ciò che avevo fatto con disinvoltura quell'estate con degli sconosciuti. Fu costretto a farlo lui, a inclinare la testa e abbracciarmi attraverso il grosso cappotto, e mi baciò, alla fine ci baciammo. Faceva buio e il respiro si trasformava in vapore. Ci venne una fame insaziabile, un'urgenza più vecchia di noi, e ogni minuto che passava eravamo più affamati e più seri, terribilmente seri, mentre vivevamo una messa in scena, preparata per anni, che non ci stava deludendo affatto. Non ridevamo, non ci vergognavamo. Credo che l'unico guaio fosse sapere che stavamo uccidendo un'amicizia, perché non eravamo di quelli che restano amici quando diventano amanti. Ci baciammo e ci mordemmo e ci toccammo quanto il freddo consentiva, in mezzo al parco deserto, l'antivigilia di Natale, vicino casa. Eravamo fidanzati, ma credo che chi ci avesse visti da lontano avrebbe pensato fossimo lupi.

Arrivai a cena tardi e affannata, con il viso rosso e irritato dalla sua barba, che graffiava. Mio padre a tavola disse che sembravo già una donna e che gli avrei dato molti grattacapi, ma lo disse ridendo. Io gli risposi di no e dentro pensavo a quant'era saggio e a quanto poco si sbagliava, perché anch'io sapevo che, senza volerlo, gliene avrei dati davvero.

Ora, con più di dieci anni di vantaggio, so di avergli dato un paio di dispiaceri ma, credo, molte più gioie. E se considero quello che ho fatto, i posti in cui sono stata, la gente che ho conosciuto, i casini in cui mi sono trovata, non posso far altro che pensare di aver vissuto, di aver sfruttato, aver sentito ogni minuto. E che molte volte mi è andata bene e altre volte meno, e che sono riuscita a farli soffrire il minimo indispensabile.

E non sono morta, ancora – che era quello che mi preoccupava a quell'epoca, morire giovane. È David che è morto, e per questo stanotte sto bevendo vino e ricordando la storia. Perché non muoia con lui, perché resti viva almeno nella mia memoria, e per non doverla ripetere, per non dimenticare il grande amore che abbiamo vissuto, che non riuscii a capire, che in nessun modo poteva vivere, e che lo spinse a impiccarsi una settimana fa. Perché certi giochi dell'adolescenza reclamano vittime, anche se molti anni più tardi.

2.

Quando si capisce di aver rotto qualcosa che mai e poi mai si potrà riparare? Quando è ormai troppo tardi, a volte perfino prima di rendersi conto d'averlo rotto. Ho rotto cose e ho lasciato in giro i pezzi pensando che un giorno, più avanti, mi sarei chinata a raccoglierli e sarei riuscita a rimetterli insieme. Ma la vita non ammette negligenze, tanto più quando si tratta di sentimenti. Tornando indietro non trovo neanche i cocci, perché il vento del tempo li ha trascinati nell'oblio, e se a volte ne trovo qualcuno non c'è verso di farlo coincidere con un altro, perché si è consumato nel tempo dell'attesa.

Dei tre anni che seguirono conservo il ricordo di un amore così grande come fummo capaci di inventarlo, così nuovo come i nostri corpi, così geloso e possessivo che ci obbligava a stabilire regole per qualsiasi cosa. Per dire «ciao» e «a presto», per rompere mille volte e riconciliarci novecentonovantanove, per fare l'amore e accoppiarci come animali. Non sapevamo niente e facevamo tutto, perché eravamo invincibili, puri e forti.

In questo armadio della mia testa nascondo i ricordi, rotti o rosi dal sale. E tra tutti cerco l'urna, il vaso funerario in cui ho custodito le ceneri di quello che siamo stati, per ricostruirlo, per provarci, per sistemarlo, solo per questa notte, su un altare, e poi rimetterlo al suo posto. In fondo al mare.

3.

Passeggiavamo per la città parlando di continuo, a volte litigando, altre conversando, non stavamo mai zitti. Non ci potevamo tenere per mano perché se l'avessero saputo i miei genitori mi avrebbero ammazzata. Ci nascondevamo ai piedi della cattedrale per consacrare i nostri riti, e negli angoli più reconditi del parco archeologico cercavamo l'origine del mondo sulla nostra pelle. A quell'età una cosa così puoi solo nasconderla e viverla sottoterra: la passione che trasforma una talpa nel migliore degli amanti, anche se nessun occhio può vederlo.

Compii quindici anni nella primavera del 1989. Quello fu il giorno in cui smettemmo di nasconderci, per la disperazione dei miei e la gioia dei suoi. I miei genitori erano convinti che non potesse durare, ma anche del fatto che in quel momento non c'era modo di obbligarmi a lasciarlo. Essendo, come eravamo, migliori amici fin dall'infanzia, era quasi inevitabile che nell'adolescenza ci spingessimo più in là del campo di basket e del biliardino.

I miei invitavano David a cena molto spesso, perché a casa ci tenevano sotto controllo. Il venerdì sera non potevo uscire, il sabato dovevo tornare entro le undici, una domenica al mese potevo andare in discoteca di sera, fino alle nove. Le mie amiche avevano orari più permissivi, ma ogni volta che me ne lamentavo mi rispondevano che le mie amiche non avevano il fidanzato, e tanto meno uno come David, e: o mi andava bene o mi mettevano in punizione. A me andava bene e mettevo a tutto volume la cassetta dei Radio Futura in cui cantavano *Annabel Lee*, ispirata al racconto di Poe, e vedevo la mia storia raccontata e cantata e allora desideravo morire come Annabel Lee, o diventare adulta per andarmene alla Sorbona a studiare Filosofia, come Santiago Auserón.

La nostra prima estate la passammo quasi tutta insieme. David era stato promosso e per premio lo dispensarono dalla torrida estate nella Mancha a casa dei nonni: andò a fargli visita solo per una quindicina di giorni. Io insistei così tanto per restare a casa che passammo meno di un mese al mare, mese che ricordo come una successione di code davanti ai telefoni pubblici e a quelli dei locali. Gli telefonavo a tutte le ore, lamentandomi della sventura di dover restare fuori tanti giorni. Non mi andava che mi chiamasse all'appartamento, perché era così minuscolo che non era possibile avere un briciolo d'intimità. Non che gli dicessi cose che i miei non potessero sentire, a parte le più banali, ma i silenzi... Mi sembrava indecente che qualcuno potesse ascoltare i nostri silenzi, perché erano così traboccanti d'amore e disperazione ed erano così inesplicabili... Lasciavamo che i minuti fuggissero così, ascoltando l'altro respirare a centinaia di chilometri, e sapevamo che non c'era niente di più importante da dire, che niente superava quella sensazione d'essere insieme e nient'altro.

Quando tornai, ad agosto, vivemmo un mese di calore e asfalto ondulato e colombi sudici e ventilatori che a malapena riuscivano a spostare la polvere verso un angolo più ombroso. Andavamo alla piscina del tennis club tutte le mattine con gli amici, pranzavamo a casa, il pomeriggio si giocava a biliardino nel fresco scantinato della parrocchia, la sera ci sedevamo sugli scalini dell'ingresso di casa mia e ci baciavamo, fuori dal campo visivo dello spioncino. Ci baciavamo fino a che ci faceva male la mandibola, e il collo, e soprattutto il sesso.

Non avevamo ancora fatto l'amore prima di allora. Fu al ritorno dalle vacanze. Era passato più di un anno da quella sera di giugno, e le nostre carezze erano sempre più profonde e dolorose. Non ne avevamo parlato prima: successe a casa sua, un pomeriggio di sole in cui lasciammo gli amici sul divano a vedere un film e ce ne andammo in camera sua.

Abbassò le persiane facendo attenzione a non far rumore, e i raggi di sole che entrarono dalle fessure fecero danzare la polvere come se non fosse fatta d'acari ma d'oro. Quel pomeriggio fummo due bambini dorati con in mano un giocattolo che sembrava indistruttibile, e giocammo fino allo sfinimento. Non pensai che mi avrebbe fatto male, e non me ne fece. Non pensai che sarebbe stato così facile e così piacevole e così assolutamente quello che il corpo chiedeva, e null'altro. Non pensai, come non avevo pensato durante lo stupro. Solo per un istante fugace mi permisi di comparare le immagini e sorprendermi della differenza tra due atti nati da un'identica pulsione, ma con un esito così diverso. In quel momento credetti di aver cancellato le conseguenze. Non pensai. E per questo non pensai che David potesse essere *la conseguenza*.

Uscimmo dalla stanza e i nostri amici avevano finito di vedere il secondo film che avevamo noleggiato, e nessuno ci chiese nulla ma credo che sapessero. David era raggiante, come rinato, con la faccia di chi sa di aver ottenuto una grazia irripetibile. Sembra una menzogna il fatto che moriamo, e che tutto finisce tranne che nella memoria, nel ricordo, una delle poche cose che quando ci tradisce può farci del bene. Non so se la memoria a volte mi inganna, o se sa mascherare gli eventi meglio di chiunque altro. Ma so che quel pomeriggio facemmo l'amore con tutto il corpo e quello che c'è dentro, e che era come se nulla potesse mai cambiare.

Non sempre potevamo stare in casa. Nel pomeriggio di solito c'era sua madre, così fummo costretti a ingegnarci: il parco del vecchio *barrio*, il parco archeologico, il bosco. Ovunque ci prendesse l'urgenza improvvisavamo un rifugio il più comodo possibile e ci abbandonavamo alla nostra pelle. Così passammo l'estate, di albero in albero e di cespuglio in cespuglio, con le cosce e il culo graffiati e con certi bei lividi di un porpora sacrilego in posti sospetti, di cui bisognava nascondere l'esistenza a padri e madri. Credo che i miei ricordino ancora la torrida estate in cui mi ostinai a dormire col pigiama invernale, fingendo d'essere infreddolita.

Cominciarono le lezioni, e il freddo. Già da ottobre nella nostra città non è raccomandabile scoprirsi. Certi giorni eravamo fortunati e David aveva la casa libera, ma avevamo sempre paura che ci beccassero. La necessità ben presto ci fece venire in mente qualcosa: il garage. Il pianterreno di casa sua era adibito a garage per le due auto dei suoi genitori e per la moto, e c'era ancora spazio per un'altra auto. La Ibiza rossa di sua madre faceva la polvere in un angolo, e la macchina del padre usciva ed entrava solo di mattina e di sera, perché lui pranzava fuori in uno dei suoi ristoranti. David ottenne il permesso di chiudere una parte del garage con la scusa di usarla come studio per suonare la chitarra. Usammo due muri ad angolo e fu lo stesso David a piazzare le due false pareti – di cui una aveva una porticina e un catenaccio – che mancavano per chiudere la stanza, e la insonorizzò con sughero e scatole di uova. In una settimana completò l'opera, perché quando gli conveniva era veloce. Perfino i suoi genitori erano contenti che avesse deciso di dedicare più tempo alla musica: quando stava di sotto non lo disturbavano mai.

Da allora dovette solo mettere a volume molto alto una cassetta con il metodo d'apprendimento per la chitarra, ed ecco fatto. Qualche cuscino e un vecchio tappeto e avemmo la nostra prima, la nostra unica casa, dove sognavamo quella che avremmo avuto da grandi, da sposati, con i nostri figli.

Proprio in quello stesso garage si è impiccato. Se faccio uno sforzo di memoria, la memoria che m'inganna e mi tradisce, credo di poter perfino immaginare a quale trave ha legato la corda. Dev'essere stata quella trave brutta, di ferro, che fissavamo senza vedere quando ci sdraiavamo sul tappeto e non vedevamo il soffitto, ma sognavamo quello che non sarebbe mai potuto essere.

4.

Gli amici ci invidiavano, nonostante la mia virtuale segregazione, e spesso ci consideravano una coppia ideale, una coppia *de toda la vida*. Rafa continuava ad andare alla ludoteca, o passava il pomeriggio giocando a basket, e ci copriva le spalle. I miei genitori, che lavoravano fino alle otto di sera, non potevano stare tutto il tempo dietro a quello che facevo, e meno male.

David mi regalò una catenina d'argento con una piastrina su cui erano incisi i nostri nomi e la data in cui ci eravamo messi insieme, e io gli regalai un braccialetto nontiscordardimé con il mio nome inciso, anche quello d'argento. Lui continuava a studiare e ad andare bene, io prendevo sempre i miei buoni voti, non bevevamo e non ci drogavamo, a parte qualche canna in occasioni speciali, e di notte niente, ma ciò che i nostri genitori non sospettavano e i nostri amici sapevano era che andavamo a letto ogni volta che potevamo. Lui era, a sedici, diciassette anni, nel pieno del rigoglio sessuale, e io, fermamente decisa ad essere ninfomane per non diventare lesbica, ero la compagna perfetta. Incoscienti, non usavamo quasi mai i preservativi, ci affidavamo al fatto che lui uscisse prima, e non sapevamo che con lo stupro potevo aver contratto qualche malattia, ma non fu così. Fummo fortunati, solo qualche falso allarme che si risolveva comprando un Predictor in un *barrio* dove non mi conoscevano. Non mi passò mai per la testa di fermarmi per smettere di avere paura, non mi passò mai per la testa di fermarmi, anche perché avere paura mi faceva sentire viva, e mi sembrava un pedaggio sopportabile. Diffidavo dei momenti di bonaccia, troppo tranquilli, perché quella calma sarebbe stata distrutta, non potevo sapere come né quando.

All'inizio tutto funzionava come un orologio a cucù tedesco: segnavamo l'ora all'unisono, vivevamo nascosti e quando suonava il carillon uscivamo a salutare. Lui tranquillo, i suoi accessi di rabbia scomparsi, la sua musica a un volume ragionevole, un silenziatore nel tubo di scappamento della moto. Era tutto a posto... No, non era a posto. Se lo fosse stato non varrebbe la pena di perdere ancora una notte con questa storia.

IL _IO_O _ELL'I_PI__A_O

1.

Il secondo Natale che passammo insieme mi tornò in mente il coltello. Che ne era stato? Ricordavo che David se l'era tenuto quando gliel'avevo mostrato, ed ero sicura che non me l'avesse restituito. Da quando stavamo insieme avevo praticamente archiviato l'argomento in quella regione del cervello dove si tengono i frammenti degli incubi nella speranza di dimenticarli, però gli strascichi di quella storia si smossero di nuovo. Non osavo domandarglielo, perché quel giorno di giugno era stato terribile, come pure il sabato seguente, quando ci eravamo rivisti. E temevo che la mia richiesta lo sconvolgesse e mi restituisse quell'intrattabile che mi piaceva perché non piaceva a nessun altro, il vecchio David. Non ne avevamo più riparlato, ma la domanda continuava a ronzarmi in testa: che ne aveva fatto del coltello? Un anno e mezzo dopo mi sembrava che fossero passati secoli, e che quello che ero stata non aveva nulla a che vedere con quello che ero in quel momento. Ascoltavo Dead Can Dance, Radio Futura, Public Enemy, The Smiths, The Clash, Alaska y Dinarama, Pixies, The Doors, The Communards, Spandau Ballet, Los Secretos. Idolatravo Alaska fin dalla più tenera infanzia grazie a *La bola de cri-*

stal, tenevo Boy George su un altare e a fianco Carlos Berlanga e Santiago Auserón, tutti sotto lo sguardo paterno di David Bowie, che nel mio particolare Olimpo giocava a bowling con Lou Reed e, paradossi della vita, Barbra Streisand. Scoprivo Visconti e Fellini, ma i miei film preferiti erano ancora *Jenny* e *Lettera da una sconosciuta*, che avevo visto quando ero abbastanza piccola. I libri erano tanti... Mi stavo creando un mondo estraneo a quella che ero stata ed estraneo a David, anche se non lo sapevo ancora.

Capitò che in quei giorni un amico di un amico del nostro gruppo ammazzò un inglese in un bar, per legittima difesa. Il fatto mi rese nervosa. L'inglese, che aveva fatto delle proposte al ragazzo, rifiutate varie volte, aveva un coltello e cercò di pugnalare l'amico dei nostri amici, che corse fra i tavoli tentando di mettersi in salvo. Arrivò al bancone e restò lì, in trappola, ma vide giusto in tempo il coltello che i camerieri usavano per tagliare i limoni, lo afferrò e lo infilzò nella pancia dell'inglese che gli aveva già dato una pugnalata al costato. L'aggressore morì sul colpo. Il ragazzo venne portato al commissariato ma lo lasciarono andare subito perché aveva cinquanta testimoni, e quando lo processarono – sollecitati dalla giustizia inglese, immagino – lo assolsero perché aveva agito per legittima difesa. Mi appropriai del verdetto e anch'io mi assolsi con formula piena. Ma avevo ancora bisogno di sapere che ne era stato del coltello.

La storia di quel tizio metteva David di cattivo umore, e non voleva sentirla né sapere niente, né che se ne parlasse in sua presenza. Si arrabbiava tanto che metteva paura dirgli qualsiasi cosa. Io pensavo fosse per gelosia, perché l'amico dei nostri amici lo conoscevo da molto tempo e mi era sempre stato parecchio simpatico. Non so perché ancora oggi, e con David morto, continuo a nascondermi dietro le parole che usavo quando stavo con lui: quel tizio si chiamava Sebastián ed era un mio grande amico prima che mi mettessi con David. Ma, con David così taciturno, era meglio chiamarlo l'amico di certi amici. Perché era lui, ufficialmente, il mio unico amico.

2.

In aprile mi si presentò l'occasione di tirar fuori l'argomento. Si avvicinava la Festa degli Innamorati – in Catalogna è il 23 aprile, che è san Giorgio ed è anche la giornata del libro – e una settimana prima, per il mio compleanno, mi aveva regalato un anello d'oro con gli zirconi, molto bello. Pensai di ricambiare regalandogli un anello con sopra incise le sue iniziali, molto simile a quello che gli avevano rubato anche se più sottile, perché non avevo molti soldi. Avevo appena compiuto sedici anni, e ormai potevamo andare in giro per strada abbracciati. Erano passati quasi due anni e, benché ricordassi quando aveva detto di non voler portare mai più un anello nella sua vita, mi ricordavo anche il tempo in cui ne era stato tanto orgoglioso da sentirsi intoccabile.

Lui mi aveva comprato una catenina d'oro con le nostre iniziali, S e D, intrecciate. Una sorpresa, perché non mi aspettavo un regalo così bello dopo quello che mi aveva fatto per il compleanno. Mi tolsi la collana che avevo portato fino ad allora e che mi aveva dato proprio all'inizio, e lui mi mise quella nuova al collo. Poi gli tesi la scatolina che avevano impacchettato con cura nella gioielleria. Mi sorrise con curiosità, e con l'imbarazzo che lo faceva sorridere ogni volta che riceveva un regalo. Lo scartò senza strappare la carta, aprì la scatola e quando vide l'anello impallidì e cominciò a tremare, con delle convulsioni che sembrava una crisi epilettica. Ma non lo era. Mi guardò con un odio tale che mi alzai di scatto dalla panchina dove eravamo seduti, nel parco, e mi allontanai di un paio di metri. Non mi levava gli occhi di dosso e cominciai a spaventarmi. Era tanto che non lo vedevo con quella faccia, e mai e poi mai aveva guardato me così.

Poi, all'improvviso, si mise a correre e lo seguii fino al confine del parco, che cominciò a seguire tutt'intorno, guardando per terra. Trovò un tombino, prese l'anello con uno sforzo, come se fosse pesante o disgustoso, e lo gettò di sotto. Poi scagliò la scatola per terra e quasi la fece in polvere a furia di pestarla. Io ero a pochi metri da lui, immobile. Allora si voltò verso di me e di colpo mi strappò la catenina con le iniziali e gettò anche quella nella fogna. Mi fece un taglio sulla nuca, e la cicatrice si vede ancora oggi. Andai di corsa alla nostra panchina, nel parco, e mi seguì, strillandomi dietro, gridandomi perché fossi tornata al vecchio ospedale, completamente andato, e io in lacrime e piena di vergogna perché alcune persone e diversi bambini, che fino ad allora stavano giocando, ora ci guardavano incuriositi. Io gli risposi, più a bassa voce possibile, che non c'ero andata. Poi volle sapere dove avessi scovato l'anello. In una gioielleria, gli dissi. La città è piccola, l'avevo comprato nello stesso negozio dove i suoi genitori avevano preso quello della comunione. Avevo cercato quello che somigliava di più al vecchio e ci avevo fatto incidere le sue iniziali e la data 23/04/90. Capì che non era lo stesso anello ma questo non migliorò affatto le cose. Mi insultò e mi rinfacciò di non apprezzare tutto quello che lui aveva fatto per me, tutto quello che stava facendo, quanto era cambiato per me, e io non capii niente di niente, o non volli capire. Piangendo, me ne andai a casa.

Per fortuna i miei genitori non erano rientrati. Nascosi il ciondolo che avevo portato fino a quel giorno e poi dissi a casa che me l'avevano strappato via e me l'avevano rubato, perché in qualche modo dovevo giustificare il taglio sul collo. Mi chiusi in camera mia e piansi, perché David non aveva il diritto di comportarsi così, di insultarmi, e tanto meno di nascondermi cose che erano successe all'ospedale. A quel punto ormai avevo capito che non l'avevano pestato per strada ma lì dentro, e che mi aveva mentito, ma non osai cercare conferma ai miei sospetti: era chiaro che non sarei mai tornata lì a scoprire di persona cosa fosse successo, e preferii aspettare che me lo raccontasse lui. Da quel giorno in poi avrei portato il lutto dentro. Come capita a tante relazioni prima che finiscano, anche molto tempo prima, la nostra si trasformò in un corpo in attesa di sepoltura.

Oggi non permetterei a un uomo che si comporta così di avvicinarsi di nuovo. David mi amava, ma era seriamente sconvolto, e a nessuno, né ai suoi genitori né ai suoi professori, venne in mente che uno psicologo o uno psichiatra avrebbe potuto aiutarlo. E cosa potevo saperne io? Dopo l'episodio dell'anello passammo due settimane senza parlarci, e per tutto il tempo stavo lì a soffrire e a desiderare che mi chiamasse, perché ovviamente sapevo di non dover fare io il primo passo. Almeno un barlume d'amor proprio ce l'avevo ancora. Certi giorni accusavo perfino me stessa di ciò che era successo, perché il mio regalo era stato come minimo poco felice, e le mie intenzioni discutibili. Non gli avevo dato l'anello per farlo contento, ma per sapere cosa fosse successo quel giorno all'ospedale, e dove fosse il coltello. Volevo ancora sapere che fine avesse fatto il suo anello, e sapevo che non avrei mai potuto lasciarlo se non me l'avesse raccontato.

Quando finalmente David mi richiamò gli ero riconoscente ed ero disposta a tacere su tutto, perché credevo che in poco tempo sarei riuscita a rabbonirlo e me l'avrebbe raccontato senza bisogno di domande.

3.

Mi sbagliavo. Tornò ad essere quello di prima, prima di cambiare, vale a dire quello che era sempre stato. A giugno fu bocciato in tutte le materie. Litigavamo ogni giorno, piangevamo, urlavamo, facevamo pace senza sapere come e poi finivamo a fare l'amore disperatamente, perché era tutto quello che ci restava: a lui perché aveva una vecchia ferita che si era appena riaperta, e a me perché sapevo che tormentandola avrei ottenuto delle risposte.

Non posso fare o dire nulla che ci redima. E nonostante quello che sto per raccontare, voglio mettere in chiaro che anch'io l'amavo, lo adoravo. E gli feci male, o ce ne facemmo a vicenda, come capita di solito, solo in un modo selvaggio, più disinibito, perché non conoscevamo limiti, perché eravamo quasi bambini e nessuno sapeva quello che ci succedeva, nel bene o nel male.

Andavamo in moto nel bosco per stare da soli ma ci arrabbiavamo per una sciocchezza qualsiasi, che avremmo dimenticato mezz'ora più tardi. Strillavamo tra gli alberi come barbari. Saliva in moto, se ne andava a tutto gas e mi lasciava lì da sola. Anche quando era quasi sera. Ululavo. Gridavo finché non mi si spezzava la voce. Poi mi sfogavo prendendo a calci un albero caduto o sradicavo tutta l'erba che avevo intorno fino a farmi sanguinare le mani. Faceva buio, mi sedevo su un tronco. Tremavo di freddo e di rabbia. Sentivo dei rumori. Pensavo alla leggenda dell'uomo lupo, o uomo selvaggio, che secondo tutte le madri viveva su quella montagna. Era una storia che ci raccontavano perché non andassimo lì con i ragazzi, e che alle nostre nonne era stata raccontata quando erano piccole. Quindi non doveva essere proprio un giovanotto questo uomo lupo, pensavo io. Lo stendo con un calcio, lo ammazzo come l'altro. Pensare di poter uccidere ancora mi tranquillizzava. Quando sentivo la moto di David che tornava a cercarmi, mi nascondevo sempre per un bel po', e lasciavo che mi chiamasse e bestemmiasse quanto voleva. Poi ricomparivo e riprendevamo ad azzuffarci, e ci insultavamo in tutti i modi possibili. Nel giro di mezz'ora facevamo pace di nuovo ed eravamo di ritorno a casa, abbastanza in ritardo per la cena, ma sani e salvi, sorridenti. In qualsiasi momento poteva innescarsi la scintilla che ci mandava in corto circuito e ci faceva saltare i fusibili. David tornava ad essere un ragazzo tremendo e io, per sopportarlo, gli facevo la guerra. Fu allora che capii che la gente può sforzarsi per un po' di tempo, ma non cambia. Mi fu molto utile, più avanti, saperlo.

Eravamo curiosi. Credevamo che tutto ciò che vedevamo fosse vero. Ci nutrivamo di hamburger, dischi, moto, libri, film porno, cinema americano, riviste per adolescenti, fumetti e interminabili ore a parlare con amici della nostra età, incasinati e confusi come noi, ma molto meno coraggiosi. Non avevamo paura di niente, io e David. Eravamo invincibili. Insieme e da soli.

Ci legarono il bisogno e la pena, il coraggio e l'orgoglio, il riflesso dell'amore che fu e l'illusione di quello che era stato, e nessuno dei due era disposto a cedere.

Arrivò l'estate e i miei genitori non erano disposti a sacrificare neanche un solo giorno di vacanza per lui, come avevano fatto l'anno prima, perché capivano che le cose cominciavano ad andare male, a degenerare, e speravano che un paio di mesi di distanza mi avrebbero fatto vedere le cose da un'altra prospettiva. Quanto a me, non opposi resistenza, avevo bisogno di stare tranquilla, leggere con calma, avere del tempo per i miei disegni e i miei alfabeti, che avevo un po' abbandonato, vedere facce nuove. Nonostante la separazione fisica continuavamo a stare insieme e neanche per un momento avevamo pensato di lasciarci liberi durante l'estate, perché eravamo entrambi gelosi e possessivi e il nostro era un rapporto esclusivo. O lo fu fino ad allora, almeno per quanto mi riguarda. Lo amavo, ma mi rendevo conto che insieme non saremmo andati da nessuna parte. Non potevo lasciarlo perché era imprevedibile, e lo sapevo capace di qualsiasi pazzia se l'avessi abbandonato. Ovviamente avevo voglia di mettere della distanza tra noi, anche se non sentivo ancora l'urgenza di lasciarlo, e mi distruggeva pensare al coro di «te l'avevo detto io...» che mi sarebbe toccato ascoltare dopo.

Appena lasciammo la città ricominciai a respirare. Il paese sulla costa, che l'estate prima mi era sembrato una noia e una tortura perché il mio amore non era lì con me, quell'estate fu come un bicchier d'acqua per chi muore di sete. Olga ottenne che i suoi genitori passassero il mese di luglio nello stesso posto, e ad agosto restò nel nostro appartamento, dividendo la stanza con me e Rafa, al quale non sembrava vero di dormire con due ragazze. Aveva già dodici anni. Io e Olga, che ne avevamo sedici, potevamo uscire e, dato che David non c'era, i miei genitori furono di manica molto più larga, più di quanto amassero fare, per farmi capire che, senza il mio fidanzato, loro non si opponevano al fatto che io mi divertissi come le altre ragazze. E, in effetti, per uscire dalla mia storia con David, l'unica era uscire con altri ragazzi. Non molti: alcuni, storielle. Io e Olga andavamo in giro tutte le sere, qualsiasi cosa ci faceva ridere, bevevamo fino a un punto che ci lasciava in equilibrio precario, e ci permetteva di centrare la serratura con la chiave, al ritorno, senza provocare uno scandalo. David mi chiamava sempre all'ora di cena, si lamentava monotonamente di quant'era noioso il paese dei suoi nonni, e a me veniva la pelle d'oca al solo pensiero che, una volta tornata a casa, avrei continuato a stare con lui. Io gli dicevo che passavo il tempo in spiaggia, sdraiata al sole con Olga, o leggendo insieme sul terrazzo. Non gli dicevo che lo amavo, e ancora meno per telefono, anche se lui insisteva perché glielo dicessi. Proprio per quello, per quelle parole, esisteva il gioco dell'impiccato. Io non sapevo mentire, ma riuscivo tranquillamente a non dire la verità. Non provavo neanche rimorso per quello che stavo facendo.

Solo mi mancavano i silenzi di una volta, che ora erano un concentrato d'angoscia, e che prolungavo apposta per non dover parlare, per non mentirgli più perché, se le parole ingannano, i silenzi no. Ma David non voleva la verità, voleva che continuassimo a stare insieme. E i silenzi ci pesavano ogni giorno un po' di più.

Perché l'anima non mi si piegasse con quel fardello, lo tradivo. Così, non c'era neanche bisogno di accettare che il problema fosse lui: ma ne creavo uno mio, uno che potevo accettare. Alla fine, riuscivo a ridurre tutto a qualcosa che succedeva perché me ne veniva la voglia, e mi dicevo che ero troppo giovane per essere fedele, o per decidere già con chi avrei passato il resto della mia vita. La verità è che, se io avessi creduto anche un solo istante che lui si stesse comportando come me, avrei preferito morire. Ma non era così, e nel mio mondo confuso di allora esistevano ancora delle cose che erano un bene per me ma non per gli altri, non per lui. Per anni ho accusato lui e la sua mente malata della nostra disgrazia: ora credo che quello che gli feci, anche quando lui non venne mai a saperlo, fu come minimo altrettanto dannoso, ma molto più basso e meschino.

4.

A quell'età non si hanno i postumi da sbornia. Io e Olga ci alzavamo a un orario decente e dormivamo sotto l'ombrellone fino all'ora di pranzo. Ai nostri genitori non piaceva che facessimo tanto tardi, ma almeno eravamo sempre insieme e, a volte, con altre due o tre ragazze. Non c'erano ragazzi nel nostro gruppo, era una specie di regola non scritta, e in qualche modo questo li tranquillizzava. Non pensavano all'effetto che provocavamo tutte e cinque insieme, perché ci consideravano ancora bambine, né sospettavano che certe sere ognuna s'arrangiava per i fatti suoi, confidando nel fatto che le altre la coprivano.

Fino a quando una sera accadde ciò che sembrava impossibile, anche se conoscendolo avrei dovuto prevederlo: David varcò, con il casco in mano, la soglia della discoteca in cui io e Olga stavamo ballando tutte contente con dei tedeschi che avevamo conosciuto in spiaggia un paio di giorni prima. Era uscito all'ora di pranzo, e aveva fatto settecento chilometri in moto per venire a trovarmi. Non mi aveva trovato all'appartamento, dove i miei genitori erano sul punto di andare a dormire. Aveva detto che voleva vedermi. Loro, sconcertati, gli avevano indicato i nomi dei posti di cui io e Olga parlavamo più spesso. E ci avevano preso in pieno. Era passata da poco mezzanotte e il locale era abbastanza vuoto. Lo vidi proprio mentre entrava, il cuore mi saltò nel petto come un gatto e mi graffiò. Olga mi vide cambiare espressione e, quando si voltò per vedere quale fosse la causa, David stava già correndo verso la pista, verso il mio tedesco, che colpì alla nuca con il casco. Quello stramazzò a terra, ma i suoi due amici si scagliarono su David e cominciarono a menarlo. Il mio tedesco si riprese e si unì alla rissa. I buttafuori del locale ci misero un po' per riuscire a separarli, perché neppure David voleva smettere di battersi. Chiamarono un'ambulanza che se lo portò via, e io me ne andai con lui. Olga andò ad avvisare i miei genitori. I tedeschi se la svignarono.

La mia amica li trovò svegli, a bere caffè, perché non volevano dormire finché non rientravamo, preoccupati che non tornassi prima dell'alba, e con David a piede libero che mi cercava. Pensavano che, con la ressa che c'era in paese ad agosto, non mi avrebbe trovato, ma quando videro la faccia di Olga si resero conto di quanto si fossero sbagliati. Oltretutto, la mamma di David aveva telefonato, preoccupatissima, perché l'aveva visto fare lo zaino e andarsene senza dirle dove fosse diretto. I miei genitori dovettero tranquillizzarla dicendole che era arrivato sano e salvo, che aveva lasciato lo zaino all'appartamento e che poteva restare lì qualche giorno. Le disgrazie non vengono mai sole. In passato, di solito, venivano con David.

I miei arrivarono immediatamente al pronto soccorso, e ci trovarono seduti nel corridoio del piccolo ambulatorio, il mio sguardo per terra e il suo sul soffitto, perché gli avevano rotto di nuovo il naso e aveva un'emorragia. Stavamo aspettando le radiografie, circondati da ubriachi di varie nazionalità che avevano avuto la stessa sorte di David. Per fortuna non c'era alcuna traccia dei tedeschi. Guardai i miei genitori, che non se lo meritavano e non si lamentavano. Li vidi così spaesati che mi fu molto facile immaginare il loro dolore.

Alle cinque del mattino facemmo ritorno all'appartamento, lui con il naso, due costole e tre dita rotti, una slogatura al braccio destro e contusioni su tutto il corpo, specie sulle gambe. Anche noi ragazze con qualche contusione, anche se senza fasciature. Passò il resto della notte e tutto il giorno seguente nel mio letto. Rimandammo ogni discussione perché là dentro non potevamo metterci a gridare come piaceva a noi, come eravamo abituati a fare nella nostra vita solitaria. Nella mia vita solitaria, pensai. La terza notte, in cui stava molto meglio, si trasferì sul divano. Il giorno seguente andammo in spiaggia e al ritorno non trovammo né lui, né lo zaino, né la moto. Aspettammo alcune ore, molte, e la sera mia madre chiamò la sua. Era appena arrivato al paese, ancora vivo. Se n'era andato senza salutare nessuno. Era arrivato, si era battuto ed era tornato senza salutare nessuno. E allora mi dissi che dovevamo chiudere, che l'amavo ma che così non poteva andare avanti.

Non smisi di avere delle avventure fino alla fine dell'estate. Per me avevamo già chiuso, e pensavo che, con un po' di fortuna, dopo quello che era successo, anche lui volesse rompere. La stessa cosa pensava Olga, e io non avevo il coraggio di dirle che forse non sarebbe andata esattamente così, che magari saremmo stati insieme ancora un po'. Non sapevo come si fa a lasciare qualcuno, ed ero ancora molto lontana non solo dal riuscirci, ma anche dal provarci.

IL _IO_O _ELL'I_PI__ATO

1.

Per l'anno '90-91 andai in una nuova scuola, perché in quella dei preti non c'era l'indirizzo classico. Io volevo andare in una scuola pubblica, ma a casa non me lo permisero perché sapevano che lì erano di manica molto larga con le assenze dalle lezioni, e io ero un'esperta nell'arte di trovare qualsiasi scusa per fare sega. Per miracolo non mi avevano espulso dalla scuola dei preti proprio per quel motivo, e avevo salvato la situazione dicendo che me ne andavo io prima che mi cacciassero (anche se trovavo sempre una buona scusa per giustificare le mie fughe). Fu così che finii in una lussuosa scuola inglese, in periferia, dove era obbligatorio restare a mensa all'ora di pranzo e non permettevano di saltare alcuna lezione senza una giustificazione scritta e orale dei genitori. Oltretutto, dato che eravamo quattordici per classe, era molto facile scoprire se qualcuno era assente.

All'inizio mi opposi, ovviamente. Dovevo prendere un bus per soli studenti tutte le mattine, e tornare nello stesso modo. Se lo perdevo mia madre doveva avvisare la scuola che sarei entrata in ritardo. Certe mattine mi accompagnava David in moto, ma poche volte, perché lui non era tipo da alzarsi presto la mattina, e le lezioni all'Istituto Professionale per operatore meccanico cominciavano alle dieci.

In teoria avevamo fatto pace. Ma io non avevo più nessun potere decisionale sull'argomento. Quando tornò dal paese dei nonni si presentò agli esami di settembre ma, dato che non riuscì a riparare, fu costretto a ripetere l'anno. Era la seconda volta che gli succedeva, aveva già fatto due volte la terza media, ed era molto giù. I suoi compagni di classe gli sembravano dei ragazzini insignificanti, e passava il tempo a torturare i più deboli per guadagnarsi l'ammirazione dei bambocci, che da sempre incitano i bulli.

Dato che non voleva perdere tempo cominciò a fare pratica in un'officina di moto del *barrio*. Ci andava tutti i sabati e nei ritagli di tempo durante la settimana, anche perché improvvisamente io cominciai ad essere molto più impegnata.

Nella nuova scuola mi integrai abbastanza bene. Nel giro di un mese avevo già un gruppo di compagne con le quali passarci di nascosto le sigarette durante la ricreazione. In effetti quella scuola era un posto dove imponevano una disciplina abbastanza rigida, ma in compenso i professori sembravano motivati e le lezioni coinvolgenti. Dato che eravamo pochi per ogni gruppo, c'era tempo per pensare e argomentare. Conobbi subito tutti quanti e mi fece un gran bene: avevo un disperato bisogno di incontrare gente nuova, estranea al mio solito ambiente, in cui c'era sempre David a controllarmi.

Dei pochi studenti che c'erano in ogni classe, la maggior parte era davvero interessata a imparare. Ogni anno si divideva in tre classi da quattordici studenti. Quando io piombai lì, al terzo anno, ero l'unica alunna nuova, perché c'era solo un posto vacante ed entrai grazie alla media scolastica degli anni precedenti e al mio livello d'inglese. Di conseguenza, i primi giorni l'attenzione di tutti era concentrata su di me, per vedere come seguivo le lezioni e come mi integravo in un universo tanto ristretto e compatto, perché la maggior parte degli alunni studiavano con lo stesso gruppo da quando avevano sei anni.

Io imparavo molto velocemente, ma c'erano delle difficoltà di cui non avevo tenuto conto: David e la mia ambigua reputazione. Ben presto mi accorsi che, nonostante i buoni voti e gli sforzi, non piacevo affatto a certi professori. Venivano dalla mia città, dal mio stesso ambiente, sapevano della mia storia con David, che il mondo intero disapprovava, e oltretutto erano sempre più insistenti le voci sul fatto che andavo anche con altri. I miei sforzi per non diventare lesbica cominciavano ad essere rinomati, e non c'era da rallegrarsene. A me risultava molto difficile da mandar giù che, nonostante i miei buoni voti, mi giudicassero per quello che facevo fuori, e mi faceva male che molti dei miei professori fossero tanto esigenti con me. Ora lo capisco meglio: è più facile affrontare un cattivo alunno con un cattivo comportamento che un buon alunno accademicamente inattacabile, ma con un cattivo comportamento, che può avere una pessima influenza sul resto del gruppo. Senza immaginarlo, ero una minaccia per molti in quella classe, che era un'oasi di pace.

Ovviamente non tutti la pensavano così, e quelli che lo facevano erano molto sottili e si limitavano a non concedermi spazio durante le loro lezioni, perché non attirassi troppo l'attenzione. Una delle eccezioni, fin dal primo giorno, fu Margarita, la professoressa di lettere con la quale presto avrei avuto in comune molto più del *Don Chisciotte*.

2.

Decisi che mi serviva un motorino, un po' per non dipendere più da David, soprattutto ora che aveva appena compiuto diciotto anni e si era comprato una moto 600 cc, che in mano a lui era pericolosa come una pistola Magnum carica. A casa non volevano darmi i soldi, le moto non gli piacevano e mi avevano proibito di salire su quella di David. Ma quando videro quella nuova si spaventarono ancora di più: mi permisero di comprare un motorino a patto che lavorassi per pagarmelo.

Uno dei vantaggi di frequentare una scuola di quel genere, oltre a imparare a sbucciare le arance con coltello e forchetta, è che c'è gente davvero ricca che manda lì i suoi figli. Decisi di dare lezioni private. Margarita, la professoressa, mi parlò dei suoi vicini, che cercavano disperatamente qualcuno che desse lezioni ai loro figli, due fratellini di prima e terza elementare. I genitori non avevano tempo, ma avevano il denaro per pagare una studentessa delle superiori che andasse per un'ora e mezza, tre volte alla settimana, ad aiutarli con i compiti. La cifra che mi davano per quel poco tempo era vergognosa: per diciotto ore di lavoro al mese prendevo più del salario minimo di un operaio che lavora quaranta ore a settimana. Alla fine di novembre, con i miei primi risparmi, pagai l'anticipo di un motorino nuovo che, con qualche altra rata, sarebbe stato mio.

I miei firmarono dei moduli in triplice copia con cui mi autorizzavano ad andare a lezione con il mio mezzo personale, sollevando il collegio da ogni responsabilità in caso d'incidente. E anche David, quando gli passò l'arrabbiatura, convenne sul fatto che era più pratico per tutti che io avessi una certa autonomia, per risparmiarsi di fare da chauffeur.

Ero orgogliosa di pagarmi il motorino da sola, ma in qualche modo dare ripetizioni mi imbarazzava. In casa non mancavano i soldi, e io frequentavo una scuola inglese di ragazzi bene, nessuno dei quali faceva altro che studiare. Eppure mio padre si rifiutava di comprarmi una cosa che poteva permettersi senza problemi come un motorino. Ce l'avevo con lui e con mia madre perché non mi davano altro che un alloggio e una buona istruzione, come se fosse poco. Erano fermamente convinti che, se volevo permettermi qualche sfizio, avrei dovuto lavorare per pagarmelo.

Ormai io e David uscivamo insieme solo la domenica, per qualche ora, ma continuava a cenare a casa mia quasi tutte le sere, per la disperazione dei miei che non vedevano l'ora che ci lasciassimo. Mi fu possibile inquadrare meglio Olga, che divenne definitivamente la mia migliore amica, e rivalutai Alberto, il giocatore di basket, come amante sporadico e fedele, che un paio di volte a settimana sapeva godere di quello che gli si offriva senza fare domande.

3.

Col tempo, quella freddezza che si era manifestata come una certezza nascosta, in quella sera di giugno, si impossessò di me. Non che mi pesasse fare amicizia, al contrario, ma pochissima gente poteva fare breccia su di me. Indossavo una maschera che non mi levavo in nessuna occasione, che alla maggior parte delle persone sembrava gradevole e che raramente aveva a che fare con me, anche se di solito trasmetteva fiducia.

Quel Natale erano due anni che io e David stavamo insieme. Eravamo entrati in uno stato di spessa apatia, escludendo i litigi e il sesso che dovevano trasformarsi in qualcosa di molto estremo per riuscire a scuoterci. Gli insulti non bastavano, non era più l'ira a consumarci ma l'astio, e non potevamo concepire in nessun modo il rapporto tranquillo che avevamo avuto fino a qualche mese prima.

David cominciò ad appassionarsi alle armi bianche. I compagni dell'officina gli regalarono un coltello a serramanico automatico che in un certo senso sostituì l'anello che aveva perso: lo faceva sentire potente, fortunato, uno che meritava rispetto, pur senza esserne degno. Quell'arma si trasformò nel terzo incomodo del nostro rapporto. Quando litigavamo saltava sempre fuori. Non volevo che se la portasse addosso e lui si ostinava a farlo. Tre volte i litigi finirono col coltello puntato sulla mia gola, ma non pensai mai che sarebbe stato capace di affondare la lama, almeno non per il momento. Quelle sporadiche esplosioni avevano la virtù di calmarlo per un po', e mi davano un potere su di lui – per quanto nato dalla disperazione più vile – di cui approfittavo per vendicarmi.

Non facemmo più l'amore. Ci lasciammo dietro la tenerezza e, al posto dell'indifferenza, arrivò la morbosità accompagnata dalla perversione. Erano poche le cose troppo audaci per noi, l'unico limite che ci imponemmo per tacito accordo fu il sesso di gruppo, perché il nostro, in teoria, continuava ad essere un rapporto esclusivo, e nessuno dei due era il tipo che gode vedendo godere l'altro. Oltretutto, eravamo ancora costretti a nasconderci. Senza una casa né una macchina, era ogni giorno più difficile tenere in piedi l'alibi degli esercizi di chitarra in garage, e perfino io non ero abbastanza cinica da portare avanti una storia sordida nel luogo dove avevo creduto di essere felice.

Eravamo cacciatori di sensazioni forti, come lo sono tutte le persone insoddisfatte. Ci vedevamo poco nel corso della settimana, all'ora di cena. Ma certe volte ci incontravamo di nascosto, e di nascosto, in luoghi pubblici, scopavamo senza guardarci negli occhi, perché dovevamo controllare che non arrivasse nessuno.

Finimmo per stancarci anche di questo: era scomodo, e a David erano venute nuove idee. Cominciammo a incontrarci a casa sua, mentre sua madre era fuori, anche se poteva tornare in qualsiasi momento. A letto era più comodo, e per David fu possibile iniziare a coltivare, in maniera graduale, il suo masochismo. Tutto il machismo, tutta l'aggressività e la virilità che esibiva per strada cominciarono a scomparire nel privato. David soffriva, ora lo so, come so che ha sempre sofferto. Soffriva così tanto che forse desiderava che a farlo soffrire fosse la persona che amava. David era ancora profondamente innamorato, e la paura di perdermi lo tramutò in una vittima già da allora, anche se era una vittima che andava in giro con un coltello e che, con le buone o con le cattive, non mi consentiva nessuna libertà di movimento.

Non mi pesò adattarmi a quel cambiamento, anzi, ero così disperata che quel poco di piacere che ancora provavo a stare con lui consisteva nel torturarlo quanto mi chiedeva, o quanto potevo. Non fu mai sottomesso fuori dal letto, ma lì sperava di essere castigato e umiliato, di espiare peccati che solo lui conosceva. Implorava di essere legato, bruciato, picchiato, e anche se non sempre ero capace di dargli tutto il dolore che domandava, quello che gli procuravo mi serviva per sfogarmi, e alla fin fine mi risarciva parzialmente della sua violenza. Gli amanti che a quel tempo frequentavo di nascosto, bravi ragazzi della mia età, del mio anno o della mia scuola, facevano l'amore come è normale che lo facciano degli adolescenti semi-vergini, e soddisfacevano, senza saperlo, il mio bisogno di uscire da quel sesso morboso che facevo con David.

Perché con nessuno di loro ho mai parlato di quello che stavamo vivendo io e David, e non so se sentirmi orgogliosa d'essere stata leale fino in fondo o se, al contrario, pentirmi di non averlo tradito, di non averlo raccontato a qualcuno, che magari mi avrebbe dato la prospettiva che mi serviva per capire cosa stessi facendo, e in cosa mi fossi impelagata. Anche se non sapevo che come al solito, con David, il peggio doveva ancora arrivare.

IL _IO_O DELL'I_PI__ATO

1.

Si sta facendo tardi, David. So che sei qui con me stanotte. Goditela, perché è l'ultima, e quando finirà puoi star sicuro che non ti chiamerò mai più.

Cantami una ninna nanna, quella della farfallina che vola intorno al lampione, quella del ragno che culla la mosca nella sua tela, quella della mantide che fa l'amore. Cantami una ninna nanna, che io coprirò la luna con le mani e ti dirò addio.

Strozzami il pianto stanotte, annegalo nelle profondità dell'alcool, negli incubi, o nel cotone, ma strozzami il pianto stanotte, o mi ci strozzerò io.

Ho bisogno di musica. Conosco a memoria tante canzoni, ma oggi non le posso cantare perché ho dimenticato tutte le parole. Le parole che entrano di forza nel sangue, le parole che a leggerle fanno sanguinare, le parole che dissanguano chi le scrive. Questa è una notte di fantasmi, di vampiri, che nessuno si senta il polso o saprà che è la verità. La cosa migliore in notti come questa è cercare un pezzetto di velluto di una vecchia vestaglia, o di una tenda, di un cuscino o di una tovaglia, di quel che sia, e accarezzarlo.

Il tocco di queste notti è come il tocco del velluto. Una volta accarezzato non si dimentica.

Margarita mi piacque fin dal primo momento perché io le piacqui. A volte funziona così, ti piace qualcuno perché gli piaci, anche se credo che le andai a genio perché amo il *Don Chisciotte* e non mi imbarazzava dirlo a lezione, nonostante fossi nuova. Credo sia stata la strada più breve affinché tutti quelli che in qualche modo mi avrebbero odiato lo facessero fin dal primo giorno. Margarita mi piacque dal primo momento perché non perdeva un secondo in chiacchiere superficiali, di quelle che la maggior parte dei professori fanno con gli studenti, con un tono disinvolto o del tipo bacia-la-terra-dove-cammino. Margarita mi piacque dal primo momento perché non le piaceva proprio nessuno, perché giudicava le persone, soprattutto per questo, anche se sono cose che non si dicono.

Non che fosse infallibile o inflessibile, però non era indifferente, non viveva senza guardarsi intorno o rifiutandosi di farlo, come la maggior parte di quelli che si dicono tolleranti. Non sospendeva il suo giudizio, aveva delle opinioni. Neanche David sapeva essere indifferente, quello che sentiva era quello che pensava, perché sentire era il suo modo di pensare, veniva fuori dal suo corpo naturalmente come il sudore. Olga non saprebbe fingere neppure se andasse a lezione di teatro. E comunque David non era tanto facile da trattare, perché non sopportava quasi nessuno, mentre Olga faceva lo sforzo di conoscere una persona prima di dire se valeva la pena o meno. Altrimenti non saremmo mai state amiche. Quello che mi piaceva di Olga e di Margarita era il loro metro di giudizio, perché coincideva, o almeno l'ho sempre creduto, con il mio. L'abito non fa il monaco: Margarita non mi giudicò dal fatto che fossi ribelle o promiscua, ma dal fatto che mi piaceva il *Don Chisciotte*. Olga non mi giudicò una fighetta *de toda la vida* anche se il primo giorno la invitai a bere qualcosa in un caffè. Mi piace pensare che quello che facciamo ci definisce. Non mi spaventa che mi giudichino per le mie azioni, né per le mie idee. Mi terrorizzano invece quelli che classificano le persone per opinioni di seconda mano, senza conoscerle, per delle voci, per l'apparenza.

Forse Margarita fu il primo adulto, a parte i miei genitori, che mostrò interesse per me. Non solo per i miei studi: voleva sapere chi ero, e chi volevo essere. Qualche volta mi invitò a bere qualcosa in centro e le parlai dei miei piani per il futuro, che erano quasi inesistenti. Non sapevo ancora cosa volevo studiare, ma qualsiasi cosa fosse volevo farla lontano dalla nostra città.

2.

In una piccola città avere un amante è pericoloso. Averne più di uno è un suicidio e, con uno come David di mezzo, un delitto passionale assicurato.

Olga teneva la contabilità delle mie infedeltà, non perché le facesse piacere ma perché era la mia copertura. Bisognava che David non la incontrasse quando io mi vedevo con qualcuno, e quindi lei andava in qualche bettola dove lui non sarebbe mai venuto a cercarci, e si rassegnava a coprirmi. David non le dispiaceva come persona, e fu l'unica delle mie amiche che riuscì ad andare d'accordo con lui. Ma ne aveva abbastanza del tipo di rapporto che avevamo e, anche se non me la sentii di raccontarle tutto prima che fosse finito, Olga mi spingeva a lasciarlo prima che accadesse qualcosa di brutto, che senza dubbio sarebbe accaduto.

David aveva ricominciato a fare a botte con tutti per qualsiasi sciocchezza, e alla minima occasione tirava fuori il coltello. A gennaio lo sospesero nove volte, e lasciò la scuola. Entrò nell'officina come apprendista a tempo pieno, cosa che mi lasciava libera tutti i pomeriggi fino alle otto e mezza, quando arrivava per cenare a casa mia, sfinito e con le unghie nere, ma di un umore migliore di quando andava a scuola. Smise definitivamente di suonare la chitarra perché aveva i calli alle mani, e soprattutto perché aveva smesso di credere che sarebbe arrivato da qualche parte in quel modo. La chitarra era l'unica dimostrazione del fatto che non tutto in lui era uno sforzo inutile, uno spreco d'energia... e l'aveva abbandonata. Se almeno fosse stato un buon meccanico, ma neanche questo, era imbranato. Tentai di convincerlo a continuare con la chitarra per puro piacere: non tutti vivono di quello che gli piace, ma questo non gli impedisce di goderne. Fu tutto inutile.

Ancora, di tanto in tanto, prendevamo un quaderno e due penne e giocavamo al gioco dell'impiccato. Ci stavamo asfissiando.

Negli ultimi mesi io e David uscivamo solo la domenica sera e, invece di andare al cinema, a passeggiare o a bere qualcosa, passavamo il tempo appollaiati sulle moto davanti al fast food, con il nuovo gruppo di amici dell'officina. Non si parlava d'altro che di moto, di droghe e di alcune trasmissioni televisive. Pativamo tantissimo il freddo ma entravamo nel fast food solo quando era insopportabile, perché dall'interno non si potevano controllare bene le moto e c'erano sempre gruppi rivali che cercavano di rubarti la candela o lo specchietto retrovisore. C'erano soltanto sei o sette ragazze nel gruppo chiamate, come me, *le fidanzate*. Seduta sul mio motorino mi guardavo nello specchietto e mi chiedevo che cazzo ci facevo lì, di guardia davanti al fast food, perdendo la domenica, perdendo il tempo, la vita, e la mia unica spiegazione era che lì c'era

David e a me mancava il fegato di lasciarlo e, sotto sotto, non volevo ancora lasciarlo.

3.

Davo lezioni private ai fratellini il lunedì, il mercoledì e il venerdì, dalle cinque alle sei e mezza. Un mercoledì di primavera, il giorno in cui compivo diciassette anni, David decise di farmi una sorpresa e mi aspettò fuori dalla casa dei miei alunni. Non pensavo che avrebbe chiesto il pomeriggio libero per festeggiare il mio compleanno, ma lo fece e glielo diedero. Alla fin fine il padrone dell'officina mi stimava, o qualcosa di simile, e pensò che mi sarebbe piaciuto stare con David. Non riuscii a trovare nessuna scusa per non andare con lui. Un mio compagno di classe, Javier, mi aspettava cinque minuti più tardi in un caffè per una festicciola privata, ma io non avrei partecipato. A David era venuta un'idea.

Non andavamo mai a casa mia perché mio padre lavorava in proprio e, anche se di solito tornava tardi, non aveva un orario fisso. Mia madre, invece, usciva dal lavoro alle otto e alle otto e un quarto arrivava a casa, per avere la cena pronta alle nove.

David si ostinò ad andare a casa mia. Suonai e non c'era nessuno, e così entrammo senza fare rumore. Non mi sembrava corretto, ma discutere con lui non serviva a nulla. Erano quasi le sette e alle sette e mezza dovevamo essere fuori. David era eccitato dal rischio quanto dal dolore, e quel giorno era fuori di sé. Dopo un po' che eravamo nella mia stanza, doveva essere passata una ventina di minuti, sentimmo la porta di casa chiudersi. Per un attimo restammo lì pietrificati, e subito lui si nascose sotto il letto. Afferrai i suoi vestiti, che erano sparsi per la stanza e glieli passai mentre mi vestivo in tutta fretta. Mio padre domandò se c'era qualcuno in casa. Gli dissi di sì, che uscivo subito. Quando lo feci provai a richiudere immediatamente la porta alle mie spalle, ma dato che mi aspettava fuori dalla porta non riuscii a evitare che mio padre vedesse un pezzo del letto disfatto. Mi chiese come avrei festeggiato il compleanno, andammo in salotto chiacchierando, dissi nel modo più noncurante possibile che avrei aspettato il fine settimana per festeggiare. Quando arrivammo al divano impallidii. Sulla spalliera di una delle sedie del soggiorno c'erano il giubbotto da motociclista di David e il casco, ma mio padre non sembrò farci caso, tanto era normale in casa che quegli oggetti si trovassero lì: all'ora di cena, la maggior parte delle volte lui li lasciava nella stessa posizione, al loro posto, come se marcassero il suo territorio. Dopo aver parlato per un paio di minuti del più e del meno mio padre raccolse le sue cose e disse che andava a fare una commissione. La porta si chiuse e io respirai. David era ancora nudo, in attesa nella mia stanza. Tentò di continuare da dove avevamo interrotto, mi rifiutai. A stento lo convinsi a vestirsi, riuscii a portarlo nell'ingresso, a dargli la sua giacca e il casco. Quando aprii la porta per farlo uscire c'era lì mio padre, in lacrime, bianco.

Pum pum, mi si fermò il cuore, ci guardammo, mi diede l'unico schiaffo della sua vita, non degnò David di uno sguardo, gli disse solo di andarsene, che non lo voleva più vedere, e noi due entrammo in casa. Non sapevo cosa dire. Non avevo mai visto mio padre piangere. Si lasciò cadere sul divano e restò a guardarmi con gli occhi sinceri e pieni di lacrime. E mi sentivo la creatura più miserabile della Terra, come un mucchio di spazzatura, come un ammasso di delusioni, e non potevo consolarlo, e quindi mi misi a piangere anch'io, e lui mi chiedeva perché l'avessi costretto a darmi quello schiaffo che non si sarebbe mai perdonato, e io gli rispondevo che non c'era niente da perdonare, che me lo meritavo e molto altro, e lui diceva che l'aveva fatto non perché ero andata a letto con David – quello se lo immaginava – ma perché avevo provato a nascondergliele, e io dicevo che sì, che lo sapevo. Quell'uomo continuava a piangere e a parlare e si chiedeva cosa avesse fatto di male perché lo ripagassi con un silenzio ingiusto, con un comportamento da idiota in compagnia di uno che non valeva nulla. L'avevo trattato come un imbecille incapace di comprendere, gli nascondevo tutto con l'autosufficienza dei figli troppo giovani che credono che i genitori non capiscano mai nulla, che dimenticano che anche i genitori sono svegli. E mio padre era molto sveglio, e capiva tanto, troppo, più di quanto pensavo, e soffriva per me tutto il tempo, e per se stesso, e non vedeva l'ora che cominciassi a comportarmi come la figlia intelligente che credeva fossi, e lasciassi una volta per tutte David.

Mia madre e Rafa arrivarono insieme, si erano incontrati sulla strada di casa. Erano le otto e un quarto e noi eravamo sul divano con gli occhi rossi e lucidi e mia madre ci guardava con in mano quella che sembrava la scatola di una torta, e mio fratello con un pacchetto avvolto in carta da regalo.

4.

Successe di tutto quella notte. Tanto per cominciare, mi misero in punizione: non sarei potuta uscire fino a nuovo ordine. Che mi punissero, in quel momento, fu un sollievo.

Mi proibirono anche di vederlo, e che venisse a cena a casa. Mancavano due mesi agli esami e se non prendevo degli ottimi voti sarei dovuta restare a studiare come interna nella nuova scuola, dove si tenevano lezioni estive. Mi lasciavano usare il motorino solo dal lunedì al venerdì, per andare a scuola e per dare lezione ai bambini. Non contestai nulla. Chiesi se il sabato potevo vedere Olga o le mie compagne di classe. Me lo permisero, a patto che venissero loro a trovarmi, o che mio padre mi accompagnasse da loro e poi mi venisse a riprendere.

Per quasi due settimane non ebbi notizie di David. Olga passava da casa mia e ascoltavamo i suoi dischi, Janis Joplin, Depeche Mode, The Clash. Le mie nuove compagne di scuola m'invitavano a casa loro a bere frullati al bordo delle loro piscine, mentre tutte mi dicevano che se i loro genitori le avessero beccate a fare quello che avevo fatto io le avrebbero ammazzate. Olga no, ma lei veniva da un altro mondo, da un altro pianeta, più progressista, più rilassato, che a me sembrava il paese di Utopia.

Osai credere che io e David avessimo chiuso e, anche se l'amavo ancora e mi mancava, mi sforzavo di desiderare che sparisse dalla mia vita, che non tornasse, che non mi obbligasse di nuovo a stare con lui.

Dopo quel compleanno che la mia famiglia non festeggiò le cose lentamente si stabilizzarono. Avevo meno segreti per i miei genitori. Non mi lamentai del castigo, e questo li aiutò a capire che neanch'io ero felice del mio rapporto con David, almeno per come lo vivevamo negli ultimi tempi. Ma non avevo il coraggio di parlare loro del coltello, dei litigi, delle minacce. E ciò che più mi sconcertava era rendermi conto che, nonostante tutto, ero ancora capace di amarlo. E la sicurezza del fatto che anche lui mi amava ingarbugliava tutto. Non avevo ancora imparato che questo non basta per stare bene insieme con qualcuno, e non distruggersi. Nella mia confusione spesso mi colpevolizzavo per ciò che era accaduto: e colpevole ero, e pensavo che, se non fosse successo nulla quella sera di giugno di quasi tre anni prima, la nostra storia avrebbe potuto funzionare. Passavano i giorni e in me cresceva l'ansia di avere sue notizie, di scoprire cosa gli stesse passando per la testa, perché fosse sparito senza lasciare traccia. Lo invocai, volendo senza volere, come si invocano le disgrazie. E apparve.

5.

Esattamente come due settimane prima, lo trovai ad aspettarmi fuori dalla casa dei bambini, ma senza la moto. Sorrideva in un modo così dolce, come se quel viso non avesse mai conosciuto uno sguardo accigliato, con l'umore di chi è nato sotto una buona stella. Prima di parlare ci abbracciammo e ci baciammo, come se ci fossimo persi per secoli, e mentre lo facevo pensavo che era sbagliato. Ma era troppo tardi. Io mi aspettavo una frase che rinnovasse il nostro amore, qualcosa di buono a cui aggrapparmi, ma non era per quello che era venuto. Era disperato. Se n'era stato nascosto due settimane per maturare un odio irrazionale verso mio padre e incolparlo di quello che era successo, e voleva che scappassimo via insieme. Io non volevo stare ad ascoltarlo. Si riempì di rabbia man mano che parlava di come l'umanità intera cospirasse da anni perché noi non potessimo essere felici insieme, e la conclusione a cui era giunto era che dovevamo scappare. Nei giorni in cui non ci eravamo visti aveva passato gli esami per la patente e pensava di rubare la macchina di sua madre per la nostra fuga. Lui avrebbe lavorato come meccanico e io avrei dato lezioni private. Aveva pianificato tutto. Lo assecondai, non potevo fare altrimenti. Allora mi accorsi della macchina, che, in effetti, era parcheggiata a una trentina di metri dall'ingresso del villino dei bambini. Non l'avevo vista prima, e non l'avrei riconosciuta perché era la macchina polverosa del garage, l'Ibiza, che aveva lavato e lucidato scrupolosamente, e sembrava nuova. Dissi a David che sarei dovuta passare un momento da casa a prendere le mie cose. Una vena gli pulsava, gonfia, sulla tempia. Rispose che non sarebbe stato necessario perché ci era già passato lui e, con l'aiuto di Rafa, che gli aveva aperto la porta e che a quanto pareva si era conquistato come complice, mi aveva fatto la valigia, e l'aveva già caricata in macchina. Sperai che non fosse successo nulla al bambino, anche se dubitai che David avesse avuto bisogno di usare il coltello: mio fratello lo ammirava profondamente, erano buoni amici. Non avevo altra scelta che seguirlo fino alla macchina.

Mentre stavo per entrare vidi uscire da un portone laterale Margarita, la mia professoressa di lettere. Respirai, almeno questa volta avevo incontrato qualcuno che conoscevo, prima che succedesse la disgrazia. Gridai il suo nome per salutarla, mi vide e, anche se sarebbe stato normale che ricambiasse il saluto e continuasse per la sua strada, forse perché si rese conto che ero con David e stavo per salire in una macchina con lui, si avvicinò per scambiare due chiacchiere. David mi guardò come se gli avessi sparato su un piede. Prima che Margarita ci raggiungesse, entrò in macchina e si sedette al posto di guida, mentre lo sportello del passeggero si apriva con violenza. Invece di entrare, mi allontanai in direzione della mia professoressa, ci baciammo sulle guance e le chiesi di non fare domande per il momento, ma di portarmi via da lì. Margarita era un'osservatrice, suppongo lo sia ancora, ed era intelligente. Mi prese sottobraccio come avrebbe fatto qualsiasi amica di mia madre e tornammo al suo portone, mentre David bruciava di rabbia nell'abitacolo della macchina rossa. La portiera del passeggero, ancora aperta, sembrava gridare che era rimasto solo.

IL GIO_O DELL' I_PI__ATO

1.

Fino al pomeriggio in cui mi tirò fuori dai guai con David, i miei incontri con Margarita erano stati pochi. Qualche settimana prima ci eravamo incontrate sulla Rambla, mi aveva invitata a bere un frullato in un caffè all'aperto e avevamo parlato di calligrafia, di quella mia fissazione apparentemente stupida per la bella scrittura.

Ora era diverso. L'avevo quasi obbligata ad accogliermi in casa sua. Salimmo in ascensore senza parlare, entrammo in un appartamento pulito e ordinato, accogliente, e mi disse di non muovermi dal divano mentre preparava un caffè. Non ammetteva repliche, come a lezione. Restai a guardare la parete, un pezzo di muro su cui non c'era appeso niente, bianco, e mi venne una gran voglia di uscire da lì correndo, ma poi mi ricordai che David poteva essere ancora di sotto, ad aspettarmi, e decisi di restare. Che stavo facendo a casa della mia prof di lettere? L'unica cosa certa era che stavo evitando un tentativo di sequestro, o un sequestro vero e proprio, da parte del mio fidanzato, ma la situazione era così strana che non sapevo spiegarla...

Margarita ricomparve con due caffè fumanti e, anche se risulta difficile da credere, quello fu il primo caffè che ho bevuto in vita mia – perché non ebbi la forza di rifiutare quell'intruglio – da cui ora, in compenso, sono dipendente.

Mi chiese come andavano le lezioni private ai suoi piccoli vicini, dei risultati degli esami del secondo trimestre, che non avevo ancora avuto, dei miei genitori, dei miei alfabeti... e non menzionò David né il modo così strano in cui ero finita sul suo divano. Le domandai se la stessi disturbando, perché quando l'avevo chiamata lei stava uscendo di casa, ma mi disse che non dovevo preoccuparmi, che stava solo andando al supermercato, e che con quello che le restava nel frigo era certa di poter resistere ancora un giorno senza morire di fame. Non aggiunse nulla, e restammo sospese, appese alle sue ultime parole, come se avessimo potuto librarci nell'aria insieme a loro e sparire. Credo fosse ciò che desideravo. In pochi secondi mi resi conto che si aspettava una spiegazione da me, ma l'unica che le potevo dare era che in quel momento non gliene potevo dare nessuna, non c'era giustificazione che potessi articolare in maniera intellegibile. Che era tutto molto complicato, che mi aveva dato una mano e gliene ero grata, che in un altro momento ne avremmo sicuramente parlato.

«Passata la tempesta», disse.

«Sì», replicai.

«Io faccio lo stesso, Sandra, ignoro i problemi fino a che non li ho risolti, ma credimi, non è un buon modo di vivere. Quello normale e sano è tirare fuori tutto, raccontarlo, sfogarsi, lasciarsi consigliare».

«Sì, ma io non sono così. Mi piacerebbe, sul serio, ma proprio non ci riesco».

«Non ti mettere nei casini, Sandra, puoi ancora fare quello che vuoi. In un batter d'occhio avrai quarant'anni, ascoltami, ti sembrerà impossibile, ma è la verità. In un attimo avrai quarant'anni e una vita che parlerà per te senza che tu abbia bisogno di aprire bocca. Non lasciare che la decidano gli altri, non darla mai per scontata e per definitiva, perché magari le persone non cambiano, ma la vita sì. Non smettere mai di aspettarti il meglio, ma datti da fare per raggiungerlo, se non lo fai tu resterà per sempre una cosa non fatta. Non ti dirò niente di quel ragazzo, credo che tu ne sappia più di chiunque altro, e non dubito che deve avere qualcosa per piacerti tanto».

«È un bravo ragazzo, Margarita...».

«Lascia perdere il "bravo ragazzo", si dice così dei buoni a nulla. Non accontentarti di così poco. Non essere stupida, Sandra. Passerà, e passata la tempesta, se vuoi, ne parleremo. E se non passa non parleremo. Ma dire che è un bravo ragazzo è insultarlo. Non essere accondiscendente, perché non si può amare ed essere accondiscendenti con chi si ama... Non crederti superiore, non pensare di fargli un favore, non ti fa onore».

Rimasi in silenzio, senza sapere che risponderle. Aveva ragione, e mi sentivo offesa dalla mia vanità. Avevo sempre pensato di essere migliore di lui... Mi vergognai. Margarita mi aveva scoperto, anche se non sembrava disprezzarmi, lo diceva come se lo raccontasse, come se avesse dovuto spiegarlo. Io avevo occhi per vedere e li aprii, e capii davvero in cosa mi ero cacciata, in cosa tutti e due ci eravamo cacciati, per noia, per mancanza di dignità, per carenza di onestà, per essere stati tanto egoisti, e non aveva niente a che vedere con quello che facevamo a letto o col fare sega a scuola. Mi sentii spregevole. Vana. Fatua. Presuntuosa. Una bolla di superbia che era appena scoppiata.

Margarita si alzò per guardare in strada dalla finestra del salone. Se n'è andato, puoi uscire tranquilla. Ti accompagno al motorino. Il motorino! Me n'ero scordata. Doveva essere ancora di fronte alla casa dei bambini. Scendemmo insieme. Prima di montare controllai i freni, la candela, controllai che il tappo della benzina fosse intatto, che non ci fosse nessuna macchia d'olio sotto il motore, che l'aria delle gomme fosse ancora lì, dentro le gomme... Margarita non diceva nulla, ma credo che, vedendomi ispezionare la moto così minuziosamente, si allarmò. Io non credevo che David volesse provocarmi un incidente, ma nello stato in cui l'avevo lasciato era capace di qualsiasi pazzia, e non potevo rischiare di salire sul motorino senza averlo prima ispezionato per bene.

Ci salutammo baciandoci sulle guance. Arrivai a casa tardi, mi sgridarono, ero in punizione. Non mi credettero quando dissi che ero stata con Margarita.

Di nascosto, Rafa mi restituì la valigia con le mie cose:

«David mi ha detto che sei una traditrice e che ti rovinerà la vita».

Lo guardai. Aveva provato a dirlo con un certo distacco, ma gli era uscito solo un filo di voce.

«Ti ha fatto qualcosa? David ti ha fatto qualcosa?».

«No, niente. Ma era furioso, Sandra, proprio furioso. L'ha detto come se lo pensasse davvero».

«Non ti preoccupare, lo sai com'è quando si arrabbia».

«Sì. Prima sembrava tutto contento, quando l'avevi mandato a prendere le tue cose. Mi ha detto che sareste scappati e non sareste tornati più».

«Ah, è così che ti ha detto?! Sì, ma poi abbiamo cambiato idea, la cosa più sensata ora è restare».

«Sono contento. Mi sarei sentito molto solo, ma David non crede che sia meglio così. Mi ha sbattuto in testa la tua valigia con cattiveria, per farmi male».

«Basta, non ci pensare, e soprattutto non aprirgli la porta di casa quando sei solo, va bene? Anche se ti dice che lo mando io. Capito?».

«Non sono stupido, ho capito».

«Ora lo sai».

David scomparve di nuovo. Non ero più in punizione, e mi dissero perfino che se volevo potevo invitarlo a cena, ma non tutte le sere. Mi vedevano star male, e credevano che così mi sarei tirata su. Ero triste e inquieta, spaventata, mi chiudevo a disegnare i miei alfabeti o a leggere, smisi di vedermi con quel ragazzo della mia classe, Javier, quello a cui avevo già dato buca il giorno del mio compleanno.

In qualsiasi momento David poteva tornare e portarmi via con la forza, e tutti avrebbero pensato che l'avessi seguito di mia volontà, perché non avevo abbastanza giudizio da chiedere aiuto. Il mio orgoglio parlava a voce più alta di me e m'impediva di ammettere che mi ero sbagliata, che erano gli altri, gli adulti, i custodi del buon senso, quelli che avevano ragione.

2.

Cominciai a sentirmi come se avessi sempre un sasso nella scarpa, una bretella del reggiseno caduta, l'elastico del calzino che stringe troppo, un tic nervoso all'occhio, l'alito cattivo, i pantaloni stretti, una macchia sul maglione. Come se avessi un sasso nello stomaco, un'illusione caduta, una morsa sul collo che stringe troppo, un tic nervoso alla fiducia, una cattiva coscienza, le vene strette, una macchia sull'anima. Smisi di uscire per non trovarmelo davanti, anche se avrebbe finito per trovarmi lui.

Come avevo sempre fatto dall'inizio delle superiori, in aprile cominciai la mia campagna per convincerli a mandarmi in vacanza-studio a Londra, ma di nuovo tutto faceva pensare che sarei rimasta con la voglia. La maggior parte dei miei compagni di classe era obbligata ad andarci e se ne lamentava, mentre io avrei ucciso perché mi mandassero qualche settimana in

Inghilterra. Ma non c'era argomento che tenesse. All'inizio perché ero troppo piccola, più tardi perché non ne avevo bisogno dato che avevo ottimi risultati alla scuola di lingue, e perché era molto caro, perché dovevo passare le vacanze con la famiglia, l'unico periodo dell'anno in cui potevamo stare insieme e approfittarne, o per qualcosa di molto semplice come il fatto che lì avrei potuto esagerare e non ci sarebbero stati loro a vigilare su di me. Ma la ragione che pesava di più era che si trattava di un capriccio, dal loro punto di vista, e quindi non rientrava fra le cose che erano disposti a concedermi. Quando avessi avuto del denaro mio avrei potuto farne quello che volevo, e se fossi stata ancora interessata a passare l'estate a Londra, che alla fin fine sarebbe rimasta lì per un altro po' di tempo, avrei potuto farlo in totale libertà. Certo, ma questo non mi aiutava affatto.

Insistevo, sostenevo che il mio accento era patetico, che per l'età che avevo non avevo visto neanche un po' di mondo – e qui si indignavano perché avevamo visitato vari paesi europei insieme, quando alla mia età loro non erano mai usciti dalla provincia. Protestavo che ci andavano tutti – e loro si lamentavano del fatto che le buone scuole erano care ed erano invase da ragazzi bene, con i quali non avrei mai imparato il valore delle cose. Insomma, mi lamentavo di tutto e non riuscivo a ottenere altro che farmi chiamare viziata e insofferente, e alla fine il loro discorso si riduceva a un «il giorno che avrai del denaro tuo...».

Stavo pagando il motorino con i miei soldi, non bastavano neanche le lezioni, ed era già tanto. Mi faceva incazzare dovermi guadagnare tutto, anche se ora capisco perché e gliene sono grata. Credo che per loro fosse dura quanto lo era per me negarmi i capricci che ci potevamo permettere, solo per non viziarmi.

3.

Nel frattempo ricomparve David. Sembrava pentito e imbarazzato per il suo accesso di rabbia, e non voleva neanche sentir parlare dell'argomento. Per la prima volta dopo moltissimo tempo eravamo d'accordo, neanch'io volevo parlarne. Insistei sul fatto che dovevamo chiudere perché stavamo male entrambi, ma lui non lo accettava. Secondo lui separati saremmo stati ancora peggio. Cercai di restare ferma sulle mie posizioni e lui passò al gioco più subdolo. Che sarebbe andato dalla Polizia a raccontare tutto. Che l'avrebbe detto ai miei genitori. Che lui aveva nascosto il corpo dell'uomo che avevo ammazzato, e che poteva dire dove trovarlo. Che in un attimo l'avrebbe saputo tutta la città. Sapevo che non dovevo credergli, che lui non poteva essere completamente pulito, ma non mi arrischiai a metterlo alla prova perché era capace di farlo.

Con la scusa degli esami lo vedevo sempre meno. David veniva di nuovo a cena a casa qualche volta, ed erano come quei pasti che si servono durante le veglie funebri.

4.

A giugno parlai con i miei genitori. Non potevo più resistere, sentivo che era arrivato il momento di andarmene, che se restavo sarebbe finita molto male. Non era solo per il coltello: un paio di giorni prima David mi aveva minacciato con il coltello del pane nella mia stessa casa, a tre metri dalla stanza da pranzo dove stavano i miei. Avevo paura di respirare troppo profondamente e non ero in grado di trovare una soluzione da sola. Alla fine chiesi aiuto, chiesi che mi aiutassero ad andarmene, a mettere della distanza tra noi, che non mi negassero il permesso e mi prestassero i soldi: li avrei restituiti fino all'ultimo centesimo anche a costo di vendere il motorino. Dovevo andarmene, andar via da lì, lasciare finalmente David. E lo dissi ai miei, raccontai un decimo, immagino, di quello che facevamo, di quello che succedeva, delle minacce, della mia voglia di scappare e di quant'era impossibile, del coltello automatico che si portava sempre dietro. Mi sorprese la loro sorpresa e mi intristì la loro tristezza. Sospettavano che le cose andassero male, ma neanche in un incubo avrebbero immaginato a che orrore ci sottoponevamo ogni giorno. Ci mancò poco che mio padre andasse a casa sua a prenderlo a calci, ma riuscii a convincerlo che così avrebbe solo peggiorato le cose, almeno per me. Non sapevamo bene che fare, io non volevo andare alla Polizia perché non credevo affatto che mi avrebbero aiutato. Nel 1991 si parlava a malapena di maltrattamenti fisici, e ancora meno di quelli psicologici. Oltretutto David aveva ragione su una cosa: la città era piccola e di un nulla si faceva uno scandalo. E anche se nella storia dello stupro ero io la vittima – forse come lui, ma in un altro modo – sarei stata io quella marchiata per sempre, mentre per lui tutto sarebbe rimasto uguale. Era assurdo andare alla Polizia per sentirmi dire, nel migliore dei casi, di tenermi alla larga da lui.

Il comportamento dei miei genitori fu impeccabile, non dissero neanche una sola volta che loro me l'avevano detto. Decidemmo che avrei passato a Londra due o tre mesi, molto più del normale per i corsi estivi, ma il fatto era che volevamo cercare di darci un taglio e che lui se ne rendesse conto, dargli il tempo di digerire il grosso della rabbia, e fare in modo che io potessi frequentare l'ultimo anno di scuola senza la minima interferenza da parte di David. Se il suo comportamento l'avesse reso impossibile, pensavamo di denunciarlo alla Polizia, anche se non serviva a niente. Ai miei genitori non entrava in testa che non esisteva nessun sistema per impedire a David di avvicinarsi a me, e solo allora se ne resero conto.

Senza che David ne sapesse niente, comprai il biglietto aereo e trovai una scuola di inglese a Londra. La stessa scuola mi cercò una stanza nei dintorni. Da un lato ero eccitata e contenta di sapere che finalmente avrei intrapreso il viaggio, ma dall'altro dovevo fingere tutto il tempo di modo che David non sospettasse nulla. Credo che quello a cui pesò di più fu Rafa, che lo adorava e che, quando capì cosa stava succedendo, si disamorò in fretta e con gran dolore. Mancavano dieci giorni alla mia partenza. Dovevamo fare come se niente fosse, cenare con David mentre mio padre cercava di mandare giù qualcosa e mia madre si tratteneva dal mettergli il veleno per topi nel piatto. Rafa si chiudeva in camera sua perché cenava prima e doveva studiare. Era logorante. Non avevamo in mano niente per denunciarlo, nessuna prova di nulla, ma non volevamo irritarlo. Se ci fossero state prove avrebbe voluto dire che mi aveva fatto qualcosa di molto brutto.

A me pesava di meno fingere, lo facevo da così tanto tempo che di nuovo mi odiavo per la mia freddezza, e mi domandavo se sarei stata così solo con lui o se avrei continuato a reagire in quel modo per tutta la vita. Ma in quel momento era necessario resistere, trattenersi, perché non scoprisse tutto e mi accoltellasse, mi ammazzasse di botte o mi portasse lontano con la sua macchina, dove non mi avrebbero mai trovato.

Quei dieci giorni di giugno, avvelenati e acri, li sopportammo meglio che potemmo, e servirono, perlomeno, a farmi sentire più vicina che mai ai miei genitori, e a farmi comprendere la ragione di molte delle cose che facevano per il mio bene, che io non avevo mai accettato.

5.

Dovevamo passare insieme la notte di san Giovanni. Io sarei partita tre giorni dopo, il 26 giugno. Non avevo ancora trovato il coraggio di dirglielo. Lui faceva piani per l'estate, mentre guardavamo un falò nel quale ardevano sedie, casse, mobili vecchi e pene insidiose. Pensava di approfittare delle sue tre settimane di ferie per venire a stare con noi nel paese sulla costa, sebbene i miei genitori non l'avessero invitato. Ma capiva che saremmo stati stretti nell'appartamento, e pensava di affittare un monolocale nello stesso edificio.

Mi ribolliva il sangue come se fossi stata dentro quel fuoco, e non a venti metri di distanza. Eravamo con un gruppo di amici motociclisti della comitiva del fast food, e più tardi saremmo andati con loro a festeggiare il solstizio d'estate in una casa sperduta in campagna, che avevamo affittato tutti insieme, mettendo ognuno la sua quota. La notte delle streghe. Bruciare per purificare, distruggere per creare qualcosa di nuovo. Pensavo ai miei amici, a Olga, che erano a un'altra festa a casa di un'amica. E non in una casa in mezzo al nulla, dove avremmo aspirato solo a ubriacarci senza ritegno e senza niente da fare, senza niente di interessante da raccontarci. Ebbi un presentimento sinistro: sarebbe successo qualcosa di brutto, e decisi che non valeva la pena aspettare oltre e che non volevo andare in quella grande casa. Quegli amici, che in condizioni normali erano perfino piacevoli, si trasformavano completamente quando bevevano troppo. E non ero mai stata chiusa con loro, tanto meno in un posto dal quale non me ne sarei potuta andare se non con la macchina di David.

Inchiodai le mie pupille al fuoco e gli dissi che non ce la facevo più, che volevo rompere, che lui lo sapeva già e che stavamo solo perdendo tempo. Fece finta di non sentire. Questa volta lo guardai negli occhi e glielo ripetei. Fece finta di non capire. Io ormai mi incendiavo solo all'esterno, perché dentro ero di ghiaccio. Lo afferrai per un braccio e glielo dissi per la terza volta, con le stesse parole. Allora capì che parlavo sul serio, che ero decisa. Con un gesto cercò di spingermi verso l'Ibiza, gli dissi che neanche per sogno. Che non sarei mai più salita sulla sua macchina o sulla sua moto, che non sarei più andata da nessuna parte con lui. E allora salì in macchina, solo, e disse che andava ad ammazzarsi. Se ne andò sgommando.

Mi allontanai dal falò senza salutare e camminai fino alla fermata dei taxi. Dovetti aspettare quasi un'ora, quella notte non ce n'erano abbastanza. Arrivai a casa e non c'era nessuno, neanche Rafa, ma rientrò poco dopo, aveva partecipato ai falò del *barrio*. Chiamò a casa degli amici da cui erano a cena i miei genitori alle dieci in punto, come avevano concordato, per avvisare che era arrivato a casa. Poi me li passò, e anch'io dissi di non preoccuparsi per me, che ero già stata fuori e che non pensavo di uscire di nuovo. E David? Ha detto che andava ad ammazzarsi con la macchina. Dài, non dargli peso, che poi sicuro non lo fa. E se lo fa è più stupido di quello che pensavi: non ti torturare, Sandra.

La notte di san Giovanni è la mia notte preferita. Uscii nel cortile di casa per fumare, perché alla fine avevo preso il vizio. Si sentivano solo i petardi ogni tanto, e le sirene spiegate delle ambulanze che andavano all'ospedale. Non riuscivo a levarmi dalla testa che dentro una di quelle poteva esserci David, con la testa fracassata, per colpa mia. I miei genitori tornarono alle tre e mi trovarono sveglia. Restammo un po' a parlare, non piansi, ero stanca di piangere, volevo sentirmi sollevata. Ce ne andammo a dormire ma poco dopo squillò il telefono. Risposi io, erano le cinque. Dall'altra parte la madre di David singhiozzava che suo figlio aveva avuto un incidente e voleva vedermi subito. Era al pronto soccorso. Le chiesi se fosse grave. Pensava di no, ma si era rotto la clavicola e un braccio. Mi dispiace, spero che guarisca presto. Ma... non vieni a trovarlo? No, signora, io e lui non stiamo più insieme, ora non è il caso che io venga. Non vieni a trovarlo? Lui vuole solo vederti, Sandra, dice che non è arrabbiato, che ti perdona. E lì esplosi e le dissi che suo figlio non aveva niente da perdonare, anzi, perché si era procurato l'incidente apposta. Quella donna cominciò a gridare che era tutta colpa mia, che l'avevo fatto impazzire, che il suo bambino era tanto buono e io l'avevo lasciato... Non mi ascoltava e neanch'io avevo la minima voglia di ascoltare lei. David all'improvviso era a mille anni luce, era un puntino che svaniva nel firmamento, una stella troppo vicina a un lampione. Lei continuava a parlare e a gridare e ad accusarmi e io non sentivo altro che distanza, come se in quel momento mi avessero catapultato al centro dell'Oceano Atlantico, o a diecimila metri d'altezza, e senza dire una parola riattaccai. Voleva farmi sentire male e per qualche istante pensai che ci sarebbe riuscita. E invece no. Il tempo dei ricatti era finito.

Mi rimisi a letto e sognai che ogni ambulanza che passava era David che chiamava me. Quando mi svegliai il mio cuscino era zuppo. E non avevo pianto prima di addormentarmi.

IL GIO_O DELL’IMPI__ATO

1.

Ci vorrebbero molte notti per parlare di ciò che Londra rappresentò per me in quel momento, ma sento nelle ossa che sta arrivando l'alba, e quindi non mi dilungherò. Non avevo mai visto degli indiani, per esempio. Mi colpì il meticciato diffuso, dall'aeroporto fino a che arrivai nella casa dove avrei alloggiato. Compresi cosa fosse il melting pot e mi sentii più mediterranea che mai, circondata da gente di tutte le parti del mondo. I miei coinquilini erano tutti studenti e nessuno di loro era inglese, anche se per fortuna ero l'unica spagnola. Avevo preferito viaggiare da sola per sfruttare al massimo la possibilità di praticare la lingua. La scuola di lingue era il posto perfetto per farmi degli amici più o meno della mia età, e la sera uscivamo insieme. Andavamo a comprare vestiti nei mercatini, andavamo in giro per il centro e per il quartiere cinese: mi ero completamente scordata di David fino a che una sera, uscendo dalla lezione, lo vidi appoggiato alla porta, che mi aspettava.

Solo a Olga e Antonia avevo detto dove andavo. Antonia sapeva poco e niente dei miei problemi con David, e lui ne aveva approfittato per carpirle, buttandola sullo scherzo, informazioni su dov'ero. Totalmente in buona fede, lei gli aveva detto che ero a Londra, credendo che lui lo sapesse già e che stesse davvero scherzando, perché aveva pensato che non fosse tanto grave e che alla fin fine David era sempre il mio fidanzato – la nostra rottura non era di dominio pubblico e, dato che erano anni che David e Antonia non si frequentavano, non avevo ritenuto necessario raccontarle tutto. Quando David le aveva chiesto maggiori dettagli le era sembrato strano che non li sapesse, e aveva deciso di non dargliene. David era diventato aggressivo ma non era riuscito a ottenere nient'altro, anche se quanto aveva saputo era sufficiente. Aveva chiamato la scuola di lingue e, facendosi passare per un amico che doveva raggiungermi a Londra, aveva chiesto il mio indirizzo. Dato che non ce l'avevano gli avevano indicato, come posto in cui mi avrebbe trovata a colpo sicuro, la scuola dove studiavo.

E quindi eccolo là, sulla porta, ad aspettarmi, il primo giorno di agosto, il primo giorno delle sue ferie. All'inizio pensai di rientrare e non uscire finché non se ne fosse andato. Ma era chiaro che non l'avrebbe fatto, tanto meno dopo avermi visto. Non volevo allarmare i miei compagni, e quindi li salutai normalmente. Andammo nel pub di fronte a bere una birra. Aveva un braccio ingessato e portava il collare. Era ridotto così male che non capisco come l'avessero lasciato salire sull'aereo.

Come ogni volta che ci rivedevamo, fu amabile e loquace. Lasciò intendere che capiva cosa fosse successo, che non si poteva sopportare a lungo un rapporto come quello che si era creato tra di noi, e che era disposto a cambiare. *A cambiare*, disse.

Lui sembrava un incantatore di serpenti, e io il suo cobra favorito. Perché, nonostante tutto, David continuava a esercitare il suo potere su di me, la sua capacità di calmarmi con poche parole: quella sensazione, che mi aveva sempre rapito, che con lui ogni posto fosse il mio posto. E la verità è che quando era rilassato era una persona magnifica, uno che valeva davvero la pena. Ma tutto questo non bastava, dovevo mettermelo in testa. Ciononostante, quella notte dormimmo insieme, e dormimmo poco, nel suo hotel da quattro soldi a Paddington. Sarebbe andato via il giorno dopo, era venuto in segno di pace e non voleva contrariarmi o litigare, ma solo dimostrare che poteva essere ragionevole, che non voleva perdermi, che era cosciente del male che mi aveva fatto, che tutto sarebbe stato diverso. Mi lasciava spazio per pensare, per decidere.

All'aeroporto piansi quando se ne andò, lacrime di pena per me e per lui, perché era tutto così impossibile, perché potevo innamorarmi di nuovo di lui, perché era un veleno che mi piaceva, perché non ero sempre capace di comportarmi giudiziosamente, perché non saremmo mai potuti essere come credevo fossero gli altri, amarci e basta, senza la sua deriva di follia e le mie continue infedeltà. Quella notte andai a letto con un aitante tedesco del mio appartamento, ed ero in rivolta contro me stessa: David non poteva *lasciarmi spazio per pensare* perché il mio spazio non gli apparteneva, perché non era padrone di niente nella mia vita, non dovevo rendergli conto delle mie azioni. Ormai non era altro che il mio primo fidanzato, un ricordo che credevo di potermi lasciare alle spalle senza rimorsi, come un paio di scarpe troppo piccole o tutti i sogni che facevo da bambina.

2.

Continuai a fare la mia vita a Londra. Alla fine di agosto diedi gli esami del certificato *Proficiency* e decisi di passare lì il mese seguente facendo dell'altro: ero stanca delle lezioni di inglese ed ero già al livello più alto, così mi iscrissi a un corso di due settimane di computer grafica. In teoria era per principianti, ma le mie conoscenze erano molto scarse rispetto a quelle dei miei compagni di classe, che almeno sapevano perché gli piaceva il corso, mentre io l'avevo scelto per curiosità e per avere qualcosa da fare. Anche se dopo le due settimane continuavo a non saperne nulla, il corso mi servì, e tanto. Mi svelò un mondo intero, e fu allora che scoprii che i tipi di lettere, i font, gli alfabeti che si usano per scrivere al computer bisogna crearli. Decisi che era quello che volevo fare, che i dubbi su cosa studiare dopo il benedetto diploma, che per anni mi avevano accompagnato, erano svaniti, che avevo le idee chiare, che mi stimolava, che era quello a cui mi portavano tanti anni di calligrafia, esercitata a mano e pazientemente. Prima ero sempre stata indecisa tra Filologia e Belle Arti, ora finalmente avevo trovato qualcosa di molto meglio: tipografia, tipologia, creazione di font, comunque si chiamasse, era quello che volevo studiare, anche se non ero ancora in grado di dargli un nome.

Tornai alla fine di settembre, un paio di giorni prima che cominciasse la scuola. Solo allora raccontai ai miei genitori che David era venuto a trovarmi a Londra, e che non gliel'avevo detto sul momento per non farli preoccupare, perché era stato molto tranquillo. Mio padre mi rispose che tutta questa mia preoccupazione di risparmiargli preoccupazioni li faceva stare sempre preoccupati. E lo capii: avrei cercato, da quel momento in poi, di tenerli al corrente di ciò che succedeva. Erano contenti del mio diploma d'inglese, ma questo era niente in confronto a quanto furono felici quando dissi che sapevo già cosa volevo studiare l'anno seguente, anche se neppure loro sapevano come si chiamassero quegli studi né dove si facessero. Ma non era importante: avremmo trovato un posto e mi avrebbero aiutato perché fosse il migliore dove studiare. Questa era l'idea che aveva mio padre della buona eredità da lasciare ai suoi figli: un'eccellente educazione. Diceva sempre che non dovevo aspettarmi denaro, che lui e mia madre l'avrebbero speso tutto prima di morire, ma non per questo avrei dovuto sentirmi povera: con l'educazione, il rispetto e la capacità di pensare in grande, decidere e prendermi la responsabilità delle mie decisioni, che era ciò che pensava di lasciarmi in questa vita, avevo più di quanto servisse per vivere con dignità. Diciamo che allora gli mostravo la mia gratitudine in un modo molto timido e riservato.

Di David non sapevano più nulla, neanche Rafa, che era quello che andava di più in giro per il *barrio*. Si era tenuto lontano dalle strade, perché non s'era visto, e tutti quanti pensavano che fosse ancora al paese dei suoi nonni. Ci era andato dopo che il padrone dell'officina, stanco del fatto che si azzuffasse sempre con i clienti, aveva approfittato della scappata di due giorni a Londra per licenziarlo in tronco, anche se ufficialmente era in malattia. Non aveva neanche le ferie, ovvio.

3.

Ricominciò la scuola. Mi iscrissi a un corso di informatica, continuavo a dare lezione ai bambini tre volte alla settimana, e iniziai a informarmi su dove studiare l'anno seguente. David non si faceva vedere, ma non volevo chiedere a sua madre, perché ne avevo avuto abbastanza l'ultima volta che avevamo parlato, dopo l'incidente che David aveva provocato per farsi del male.

Non era normale, era scomparso, non mi cercava e non c'era traccia di lui da nessuna parte. Poco tempo dopo, a ottobre, cominciarono a circolare delle voci: David era stato internato in un ospedale psichiatrico. A quanto pareva, a settembre aveva aggredito, o ci aveva provato, i suoi nonni del paese. Quando la voce fu confermata risultò che non era arrivato a fare del male ai suoi nonni, ma gli aveva urlato contro talmente forte che un vicino, allarmato, aveva chiamato la Polizia perché credeva che i due vecchi fossero soli e che qualcuno stesse provando a rapinarli. Quando una coppia di agenti era entrata in casa dei due anziani, David doveva averci visto rosso e aveva sfogato la sua furia su uno di loro, che ne uscì conciato molto male, con una commozione cerebrale e fratture in tutto il corpo. Con le cattive, l'altro poliziotto l'aveva convinto a lasciare il suo compagno, e dovette farlo puntandogli contro la pistola, perché altrimenti lui avrebbe potuto ammazzarlo di botte.

Era stato arrestato e portato al commissariato. Dopo qualche ora erano arrivati in paese i suoi genitori con un bravo avvocato della nostra città, che aveva creduto di tirarlo fuori più velocemente chiedendo una perizia psichiatrica e adducendo come motivazione che David non stava bene, come nei film. Ma durante la perizia, a quanto pareva, aveva iniziato a venire a galla tutto...

Ogni dieci metri mi fermava qualcuno per strada e mi chiedeva come stava David, e io non sapevo niente, avevo chiuso con lui, e cominciai ad essere considerata una traditrice che, dopo tutti quegli anni a stargli dietro, alla prima difficoltà lo abbandonava. Facevo il possibile per non pensarci, andavo con Olga in posti dove non ci fosse gente *de toda la vida*, e piantai tutti gli altri ragazzi. Per fortuna ai miei compagni di classe non era mai piaciuto David. A loro sembrava un bullo e un animale, e non mi fecero mancare l'appoggio di cui avevo bisogno. Tentai di essere giudiziosa per i mesi che mi restavano da vivere nella mia città. Ero sicura, ora sì, che il diploma era il confine da passare, che dovevo solo resistere un altro po' di tempo per poter ricominciare la mia vita in una grande città lontana, e sprofondare nell'anonimato.

Nel frattempo Margarita mi aiutava a cercare un posto dove studiare disegno grafico con la mia specializzazione. Le avevo già detto di guardare anche all'estero, anche se non volevo tornare a Londra: non volevo tornare in nessun posto che custodisse dei ricordi, per pochi che fossero, di David.

4.

A dicembre ricomparve, molto più magro. Camminava piano e curvo come un vecchio. La terza volta che lo vidi decisi di avvicinarlo, dovevo farlo. Sorrise, come sempre. Mi disse che stava molto bene, che era in terapia. Era così imbottito di farmaci che biascicava. Gli chiesi cosa avesse. Continuava a sorridere, ma era un sorriso di sollievo. Sollievo di sapere, finalmente, che quello che gli succedeva aveva un nome, che lui non era l'unico a soffrirne, che poteva curarsi o almeno migliorare molto, e più in là condurre una vita normale. Perché quella che aveva avuto fino ad allora, mi disse, non era normale, ma lui non lo sapeva, gliel'aveva detto lo psichiatra. Ricordo che mi disse di essere maniaco-depressivo, e altre cose ancora. Non gli importava, ora che lo sapeva. Mi disse anche che non poteva avere una ragazza perché avrebbe potuto farle del male, ma che quando fosse stato meglio mi avrebbe invitata a uscire. Solo se vuoi tu, Sandra, solo se vuoi tu, e so che dev'essere così. Certo, David, vedremo, lo assecondai, e lo salutai.

Non mi sentivo sollevata, ma colpevole. Non so nulla di psichiatria ma mi preoccupavo di essere stata, se non la causa della sua malattia, almeno il fattore destabilizzante, la scintilla che aveva innescato tutta la sua follia. Io l'avevo vista crescere e svilupparsi, gli avevo consentito manifestazioni perverse, mi ero approfittata di lui anche quando intuivo che doveva essere malato.

Finalmente Margarita trovò quello che cercavo, che non era esattamente disegno grafico in generale ma qualcosa legato proprio alla creazione dei font. Si trattava di una scuola di Firenze che dava una preparazione completa in arti grafiche e visive attraverso l'informatica, e che offriva un indirizzo specialistico in paleografia e creazione di alfabeti.

Per superare la prima selezione dovetti mandare una lettera che spiegasse perché volevo iscrivermi proprio a quel corso, e a febbraio mi comunicarono che ero passata. I miei genitori erano dispiaciuti che fosse tanto lontano, ma erano contenti per me e avrebbero mantenuto la loro promessa di fare tutto quanto in loro potere per aiutarmi. Mi eccitava l'idea di studiare a Firenze. Parlare l'italiano sarebbe stato facile. La città, che ancora non conoscevo, mi sembrava un museo d'arte a cielo aperto, con le strade come sale espositive.

A maggio avrei dovuto presentarmi a un esame di cultura generale, in inglese o in italiano, e fare una prova libera nell'indirizzo per cui avevo fatto domanda. Per la prova portai un alfabeto che io stessa avevo creato, e per l'esame si offrì di aiutarmi Margarita. Se fossi passata sarei dovuta andare a Firenze a luglio e cominciare le lezioni in anticipo, per seguire, con gli altri studenti stranieri, un corso intensivo di italiano per tre mesi. Arrivai quasi a pregare che andasse così.

Con le speranze che i miei genitori e Margarita riposero in me, e con l'appoggio di Olga e dei miei compagni, riacquistai fiducia in me stessa e non avevo più paura di uscire per strada. Anche se non so cosa mi spaventasse di più, se David o i commenti che mi arrivavano all'orecchio.

5.

Il giorno del mio compleanno avevo lezione. A colazione ero così di buon umore che scambiai perfino due parole, perché di solito di mattina ero una tale arpia che mia madre era costretta a chiedermi cosa volessi nel panino per la scuola la sera prima, perché il giorno stesso non ne aveva il coraggio. Uscii di casa dalla porta sulla strada, e non dal garage, perché la sera prima non avevo avuto voglia di mettere a posto il motorino e l'avevo lasciato sul marciapiede di fronte. Passando davanti alla cassetta della posta vidi una grande busta, voluminosa. La tirai fuori dalla fessura. Sopra c'era scritto solo il mio nome, Sandra, ma appena vidi la scrittura sentii un colpo al cuore: era di David. La misi nello zaino, saltai in motorino e invece di andare a scuola me ne andai in quel bosco in cui nessuna madre mai e poi mai avrebbe voluto che sua figlia andasse a leggere da sola. Essere espulsa definitivamente da scuola non mi importava. Quel giorno facevo diciott'anni e sapevo cosa c'era nella busta, la stavo aspettando da quella sera di giugno, tanto tempo prima. Avevo sempre pensato che me l'avrebbe raccontato, ma mi sbagliavo. David non sarebbe mai stato capace di dirlo ad alta voce. E dato che odiava scrivere, mentre aprivo la busta e tiravo fuori le dieci o dodici pagine che c'erano dentro, immaginavo quanti giorni doveva aver impiegato per scriverla, lo sforzo enorme che gli era costato. Le prime pagine erano dichiarazioni d'amore eterno e parole isolate, in stampatello, come quando giocavamo al gioco dell'impiccato. Poi veniva il segreto. E lo imparai a memoria, con le sue parole.

IL GIO_O DELL'IMPI__ATO

1.

Sandra, ero impazzito. Ti lasciai al campo col mio pallone da basket, che per poco non lo squarciavo con il coltello. Fui costretto a portarmi il coltello quando mi dicesti cosa ti era successo, ero impazzito. Avevo sempre pensato di essere il primo e quindi sarei stato il primo, lo pensavo da quand'eri una bambina piccola, e lo so che è peccato, ma io ero un bambino. Mi bruciavano gli occhi e anche la mano che in tasca stringeva il coltello, e andai in moto in quel *barrio* perché volevo sputargli in faccia al figlio di puttana, volevo prenderlo a calci come mi avevi raccontato tu, nei coglioni e in faccia, e tagliarglielo con il coltello, mozzare le sue vergogne e bruciarle.

Ero impazzito, Sandra, ma tu sai che non era la prima volta, solo che ora avevo un coltello e stavo per usarlo. Parcheggiai la moto proprio di fronte al vecchio ospedale, ma dovetti fare il giro per trovare il buco da cui entrare. Ti giuro che non pensai che il bastardo potesse essere ancora vivo, sentire la moto o che ne so, aspettarmi. C'era ancora luce, ma dentro l'edificio era buio. Mi misi il coltello nel calzino, come fanno i commando nei film. Non mi venne in mente che potevo averne bisogno, se trovavo qualcuno lì dentro l'ammazzavo solo con la rabbia, avrei potuto ammazzare un toro quella sera, Sandra. Attraversai il magazzino e quel posto coi letti che mi avevi raccontato, e l'aria era soffocante di sporcizia. Arrivai a un ingresso e ai piedi delle scale trovai molto sangue, ma non c'era nessun uomo. Nessun morto. Ebbi paura dappertutto, dentro e fuori, ma non cacciai il coltello. L'avrei trovato, quel bastardo. C'era più sangue nell'altra stanza, anche lì era buio, ed entrai. Doveva avermi sentito o qualcosa del genere, perché mi aspettava con una spranga di ferro, o qualcosa del genere. Io non lo vidi allora, ma quando varcai la soglia della stanza buia mi presi la peggiore mazzata della mia vita, e finii di faccia a terra.

Subito dopo mi accorsi che il tipo mi stava trascinando, e non so se era passato molto tempo o no tra una cosa e l'altra, ma il suolo era di sabbia, o di terra, e faceva molta fatica a trascinarmi: anche il bastardo era conciato male per la mazzata che gli avevi dato tu, e mi sembrò che gli pesasse molto spostarmi per quel poco che pesavo. Restai zitto per vedere cosa faceva ma anche perché non potevo comunque fare niente, e stavo quasi soffocando perché mi stava trascinando dal collo della maglietta. Poi mi tirò su, contro un muro o qualcosa del genere, prima di spalle, e io tenevo gli occhi chiusi, poi mi girò e potei aprire gli occhi e mi resi conto che era tutto nero e che quello era un pozzo. Si appoggiò di lato a me e respirava affannosamente, non poteva vedere i miei occhi perché i capelli li nascondevano, e approfittai del fatto che avevo le braccia abbandonate lungo il corpo per vedere se riuscivo a toccare il coltello, e potevo toccarlo, per poco non lo tirai fuori. Aspettai che mi prendesse di nuovo per buttarmi di sotto, perché era chiaro che quel tizio voleva buttarmi nel pozzo, e gli affondai la lama nel braccio: mi teneva dalla cintura per buttarmi di sotto. Per fortuna il coltello era automatico. Mi mollò e cominciò a ridere, Sandra, e subito cadde a terra. Fui costretto a strapparglielo dal braccio, il coltello, e per poco non me lo prendeva, e glielo piantai nella pancia, molto a fondo, e lo tirai fuori di nuovo e non rideva più.

Mi disse cose orribili su di te, Sandra, riconobbe il coltello, ma io non credo a nulla di quello che disse. Mi disse anche che se lo buttavo nel pozzo me ne sarei pentito per tutta la vita, che se non lo uccidevo mi avrebbe lasciato in pace. Ma io dovevo ammazzarlo, e soprattutto nasconderlo, perché questo ero andato a fare, a nasconderlo perché non lo trovassero, perché pensavo che l'avessi già ucciso tu. Mi faceva tanto male la testa, mi toccai il taglio sulla nuca che sanguinava, e il figlio di puttana non stava zitto, e allora glielo piantai in gola, per farlo smettere di parlare, e si liberò un grande fiotto mentre lui continuava a ridere, e fine della festa per lui. Lo tirai su, stava perdendo molto sangue, e lo buttai nel pozzo. Ci mise un bel po' ad arrivare in fondo, era profondo, fece poco rumore. Ormai la rabbia mi aveva quasi abbandonato, ma ritornò subito. Il mio anello! Non ce l'avevo! Mi guardai intorno e non lo trovai e per istinto mi controllai i jeans e non c'era neanche il portafoglio. Me li aveva rubati mentre ero incosciente! Si era portato in fondo al pozzo il mio anello e il portafoglio, con tutti i miei documenti! Ero impazzito di nuovo, presi a cazzotti il muro finché mi usciva tanto sangue dalle mani che era tutto rosso. Mi levai la maglietta e lo pulii un po', ma non servì a nulla. Pestai per terra con le scarpe da tennis per coprire le macchie di sangue: ne rimasero poche tracce. Mi pulii la testa e la faccia con la maglietta e, dato che non me ne fregava più di niente, buttai pure quella nel pozzo.

Uscii in strada solo coi jeans e le scarpe, arrivai a casa in moto e non so come non mi fermò nessun poliziotto. Dissi ai miei genitori che mi avevano rapinato e preso a botte. Mi portarono al pronto soccorso.

IL GIOCO DELL'IMPICCATO

1.

Ed è così che era andata. Da allora aveva vissuto alla giornata, sperando sempre che nessuno guardasse dentro quel pozzo. All'inizio pensava che se si fosse comportato bene non sarebbe successo nulla di male. Quel periodo positivo durò due anni, proprio fino a quando feci la sciocchezza di regalargli l'anello. Nella lettera diceva che era impazzito di nuovo, e che non era più stato capace di controllarsi. Sosteneva che il fantasma dell'uomo che aveva ucciso lo perseguitava ovunque, e gli ricordava che in qualunque momento qualcuno si sarebbe affacciato sull'oscurità del pozzo e avrebbe voluto sapere cosa ci fosse dentro. Alla fine della lettera, che in realtà era il messaggio di un suicida, David si congedava dicendo, come avviene sempre, che non poteva continuare a vivere così e che, ora che mi aveva perso, era sempre da solo con il fantasma, e aveva molta paura.

Nonostante il sole, il mio sudore era freddo. Avevo trascorso mezz'ora nel bosco leggendo e rileggendo la lettera, dovevo andare a scuola se non volevo essere espulsa. Prima di entrare in classe chiamai a casa sua, per avvisare i genitori delle sue intenzioni, sempre che non l'avesse già fatto, ma non mi rispose nessuno, neanche all'ufficio dei loro ristoranti. Un'ora dopo ci riprovai, ma niente. Passò la mattina, e il pomeriggio, senza che nessuno mi desse sue notizie, e i suoi genitori non rispondevano mai.

Quella sera, i miei amici mi avevano organizzato una festa di compleanno. Tornai a casa da scuola, per cambiarmi. Chiamai mia madre al lavoro: se mi avesse cercato qualcuno lei l'avrebbe saputo. Ma no, nessuno mi aveva chiamato né mi avevano lasciato alcun messaggio all'ora di pranzo, non era successo niente, non c'erano messaggi in segreteria. Mi feci un bagno con la porta aperta, nel caso in cui fosse suonato il telefono. Mi asciugai i capelli nell'ingresso, vicino all'apparecchio, per paura di non sentirlo, e chiamò solo un amico per confermare che mi veniva a prendere alle nove e mezza, per andare a cena e poi alla mia festa. A casa non veniva nessuno, e nessuno chiamava per dirmelo. Tirai fuori la lettera dallo zaino, la bruciai nel cortile interno, dentro una scatola di biscotti che usavo per tenerci i giornali. La chiusi con le ceneri dentro, e se nessuno l'ha svuotata devono essere ancora lì. Nella nostra città era strano che non si sapesse nulla, era quasi impossibile passare sotto silenzio un suicidio, o anche un tentativo. Se non lo diceva la famiglia, c'era sempre un amico o un'infermiera che se lo lasciava sfuggire di bocca... Cenai con i miei amici e a quel punto speravo che qualcuno mi raccontasse qualcosa, ma sembrava che nessuno lo sapesse. David doveva essere sempre presente, in un modo o nell'altro, il giorno del mio compleanno. Non riuscii a divertirmi ma non stavo neanche male. Ero in attesa. All'epoca non c'erano ancora i cellulari, e per questo passai la serata guardando la porta d'ingresso.

Quando di buon'ora tornai a casa era tutto tranquillo. Non era molto tardi, perché il giorno dopo c'era scuola, ma non riuscii a dormire. Rimasi sveglia fino a quando suonarono le sveglie in tutte le stanze. Mi feci la doccia, mi vestii, feci colazione, uscii molto presto con la scusa che dovevo fare delle fotocopie prima di entrare a scuola. Passai davanti a casa sua e non c'era movimento. Chiamai da una cabina che era proprio lì vicino, rispose sua madre. Chiesi di David. Mi rispose in malo modo che io sapevo dov'era, che non era morto per miracolo. Mi proibì di andarlo a trovare, le dissi che non pensavo di farlo. Riattaccai. Mi faceva rabbia il fatto che come sempre desse la colpa a me, e mi facesse sentire spregevole. Ero stufa. Mi faceva male, tanto male quello che era successo a David, ma non gliel'avevo chiesto io di andare al vecchio ospedale a uccidere quell'uomo. Quella sera di giugno aveva segnato entrambi, ma mentre io l'avevo superato e mi sentivo libera da ogni colpa, David era cosciente del fatto che era andato a cercarlo e l'aveva ucciso, anche se per legittima difesa. E lui non aveva la mia freddezza.

2.

Il fine settimana seguente decisi di fare il mio debutto nella maggiore età. Presi il treno e me ne andai a Barcellona senza che nessuno lo sapesse. Avevo un appuntamento in un negozio di tatuaggi a cui avevo telefonato il giorno dopo il mio compleanno, il giorno del primo tentato suicidio di David. Ci lavorava un artista che già da un paio d'anni aveva attirato la mia attenzione. Gli diedi un foglio su cui c'era il tatuaggio che volevo, il disegno l'avevo fatto io. Mi disse che era molto grande e che avrei sopportato meglio il dolore se me l'avesse fatto in due sedute, ma gli assicurai che ero forte e che volevo tornare a casa con il tatuaggio finito. Non sono una da cose piccole, da disegnini e ninnoli, e non volevo una cosetta verde che galleggiasse in mezzo al mio corpo. Volevo inchiostro, lo volevo dentro la mia pelle perché era parte della mia vita, volevo un marchio, una traccia indelebile, un rito di passaggio all'età adulta o un'iniziazione. Non mi feci il tatuaggio per frivolezza: ora ero libera da David, conoscevo tutta la storia, e lui aveva vissuto nel mio corpo anche prima della mia passione per la scrittura. Perciò, una parte della mia pelle sarebbe rimasta coperta, velata, una parte del mio corpo che nessuno conobbe meglio di lui e che nessun altro avrebbe conosciuto. La mia intimità salvaguardata, una cosa che non potevo più concedere, la mia nudità, la mia vulnerabilità, protetta dal mio amato inchiostro. Era anche un lutto, un monito più che altro, qualcosa che non sarebbe cambiato. L'unica cosa che so che non cambierà nella mia vita, che resterà sempre con me. È una fascia verticale, una greca di arabeschi, tra l'ascella e la vita, e più su, scritto in orizzontale, il detto latino *Tempus fugit*. L'atemporalità dell'espressione secondo me supplisce alla sua mancanza di originalità. *Il tempo vola*, fugge come questa notte che si è tramutata in mattina. Il cielo è azzurro elettrico. Farò una doccia e scenderò a comprare il giornale.

Ormai torno nella nostra città solo qualche fine settimana o durante le ferie. Sono dieci anni che me ne sono andata, e da allora ho sempre vissuto fuori. In tutto questo tempo il caso volle che ci vedessimo un'ultima volta, sarà stato quattro o cinque anni fa. Come sempre, era l'antivigilia di Natale, e io ero andata a passare le feste dai miei, che erano fuori a fare shopping per cercare i regali dell'ultimo minuto.

Suonarono alla porta, aprii, e c'era lui, quasi identico a se stesso, un po' più curvo. Quando mi vide impallidì come se fossi un'apparizione, indietreggiò un poco:

«Ciao, David».

«Ciao. C'è tuo fratello?».

«No, è uscito».
«Va bene, allora ripasso, gli avevo portato un disco».
«Non vuoi entrare?».
«No, grazie, vado».
«David, non vuoi che parliamo?».
«No, io non posso ancora parlare con te, non posso parlare con te».
Girò i tacchi e se ne andò correndo. Non avevo mai visto qualcuno tanto spaventato.

La notizia sul vecchio ospedale, che ho letto ormai due settimane fa, avrebbe dovuto aprirmi gli occhi, ma non è andata così. Era un trafiletto che annunciava la demolizione dell'edificio e la futura destinazione di quello spazio alla costruzione di un centro polisportivo o qualcosa di simile. Poi ho saputo che David si era suicidato.

Dubito che *El País* avrebbe pubblicato una notizia tanto insignificante se non fosse per il dibattito generato dalla demolizione di un edificio modernista, anche se in condizioni pessime come il vecchio ospedale. Ma presto ci sono stati nuovi motivi per dare altre notizie: domenica ho letto che tra le macerie del vecchio ospedale, più precisamente nel pozzo del cortile di svago dei convalescenti, hanno trovato due o tre cadaveri, senza specificare niente di più. Il giorno dopo la notizia occupava già mezza pagina e parlava di due ragazze adolescenti e di un adulto. Oltretutto, in quel pozzo hanno trovato numerosi portafogli, siringhe, vestiti e anche alcuni oggetti di valore, che hanno attribuito al fatto che il locale era frequentato da tossicodipendenti che buttavano tutto ciò che non gli serviva, immondizia compresa, nel pozzo.

Martedì scorso hanno identificato le ragazze. Si trattava di due della mia città che erano scomparse a otto mesi di distanza, tra il 1986 e il 1987. Era da allora che le cercavano, immagino senza un grande impegno. Dell'uomo non si sa ancora niente.

Mercoledì c'era un reportage sulle famiglie delle ragazze, che chiedevano che venisse identificato l'uomo nel caso fosse l'aggressore, ma la tesi della Polizia era un'altra, perché un suicidio non aveva senso, né nessuna delle due ragazze sarebbe stata in condizioni di ucciderlo, ed era evidente che l'uomo era stato assassinato.

Giovedì non c'era quasi niente di nuovo. Ieri poca roba. Insistono con la storia del pozzo come immondezzaio, e con la teoria che forse gli aggressori delle ragazze erano due, e uno di loro aveva ucciso il suo complice, che doveva essere il cadavere trovato, ma niente di più. E tutto coperto dal segreto istruttorio.

Oggi è una giornata grigia e sul giornale c'è un articolo sul funerale delle ragazze, dopo l'autopsia. Non so se la Polizia ne verrà a capo, e farà il suo dovere. Non riesco a levarmi dalla testa che io sarei potuta essere la terza ragazza nel pozzo e che, se David non l'avesse ucciso, chissà quante altre ce ne sarebbero state. O forse ci sbagliamo tutti, e le altre due ragazze furono torturate da un altro. Non giustifico il suo omicidio, né il mio, ma andò così. Non so se collegare alcune delle cose ritrovate all'assassino o all'assassinato, so solo che David si è impiccato la settimana scorsa, dopo aver vissuto per tre anni alla giornata. Che siamo stati molto bene e molto male insieme. Che era malato. Che forse, se al momento giusto fosse andato alla Polizia, l'avrebbero assolto o quasi, perché non aveva neanche sedici anni. Che forse se ci fossi andata io l'avrei salvato. Ma nessuno dei due lo fece, e quello fu il nostro segreto, e non ci dava alcun piacere custodirlo. David concentrò il suo dolore e la sua malattia in quel fatto, che dava alla sua vita un significato, uno scopo e un termine. È ciò che voglio credere. Che non morì senza motivo, che non soffrì invano, che uccise un uomo che credevo di aver ucciso io, che custodì il segreto. Che il suo amore malato, pallido e sincero, l'ha vissuto fino all'ultimo dei suoi giorni.

Narrativa Castelvecchi

- Imma Turbau, *Il gioco dell'impiccato*
- Gisy Scerman, *La ragazza definitiva*
- William Brandt, *Il libro del film della storia della mia vita*
- Max Monnehay, *Corpus Christine*

Finito di stampare nel mese di marzo 2007
da Grafiche del Liri srl - Isola del Liri (FR)
per conto di Alberto Castelvecchi Editore srl